# 莎士比亞格言集

林郁 主編

# 序 文

　　莎士比亞（Shakespeare, William 1564. 4. 23～1616. 4. 23）由於在世界文學中占有獨特地位，被廣泛認為是古往今來最偉大的作家。他在16、17世紀之交為英國一個劇團寫的劇本，至今他的作品仍在熠熠發光，不管是電影、戲劇或書本，一直是全世界中擁有最多的觀眾與讀者。其文才橫溢，創造的喜、怒、哀、樂場面使人印象鮮明，歷久難忘。運用語言和比喻十分巧妙，創作中的許多優點能傳譯到其他語言而仍然保存。

　　莎士比亞誕生於英格蘭沃里克郡雅芳河畔的斯特拉福，父親約翰·莎士比亞為皮手套工匠，曾被選為當地的市議員；母親瑪麗·阿登，為望族支系後裔。據估計，他在當地拉丁文法學校讀書，未上大學。18歲時和安·海瑟薇結婚。1592年倫敦文學界第一次提到他，當時他已是新崛起的受歡迎的劇作家。約從1594年起是宮廷大臣劇團重要成員，既是劇作家，又是股東。1603年伊麗莎白一世死後，詹姆斯一世即位，該劇團改為國王供奉劇團。該團擁

有當時英國最佳演員R・伯比奇；最佳劇場環球劇院，最佳作家莎士比亞。

　　在他生活的時代，中世紀確立的觀念和社會結構仍然影響著人們的思想和行為，但宗教改革已打破單一教會的壟斷，王權受到議會的挑戰，資本主義的興起衝擊了原來的經濟和社會秩序。《哈姆雷特》一劇明顯地反映了一種增長著的不安和懷疑的思潮。在戲劇方面，羅馬古典悲劇和喜劇傳統，以及中世紀神秘劇中派生出來的本土戲劇傳統，為文學才子劇作家如格林、基德、馬洛、李利等人繼承。莎士比亞早期作品受這些人的影響，但他善於吸收和融化各方面的長處，進行獨特的創造，而且自己的創作也不斷迅速發展。


　　1593～1594年莎士比亞寫了兩首敘事長詩《維納斯與阿多尼斯》和《魯克麗絲受辱記》獻給南安普敦伯爵。在當時重版多次，極享盛名。其《十四行詩》（154首）則僅在小範圍內傳閱，到1609年始由旁人交付出版。1593～1613年，在倫敦戲劇和文化界名望很高，並和一些上層貴族有交往，主要事業是戲劇創作。

　　為適應當時英國人民對抗西班牙的愛國主義情緒，他以霍林謝德的《英格蘭與蘇格蘭編年史》為主要素材，創作了一系列歷史劇，包括《亨利六世》三部曲（1589～1592）、《理查三世》（1592～1593）、《理查二世》

（1595～1596）《亨利四世》二部曲（1597～1598）和
《亨利五世》（1598～1599）；其中《亨利四世》達到最
高造詣。在該劇中出現了英國普通老百姓特別喜歡的樂
觀、庸俗、幽默的人物福爾斯塔夫。作者從普盧塔克取材
寫了三部羅馬歷史劇《凱撒大帝》（1599～1600）、《安
東尼與克麗奧巴特拉》（1606～1607）和《科利奧蘭納
斯》（1607～1608）。

　　他在1595～1602年間寫了若干喜劇，如《仲夏夜之
夢》（1595～1596）、《威尼斯商人》（1596～1597）、
《無事生非》（1598～1599）、《皆大歡喜》（1599～
1600）、《溫莎的風流婦人》（1600～1601）和《第十二
夜》（1601～1602）。在喜劇結尾，幾乎所有的人物都幸
福，或獲得應得的賞罰。


　　一般認為，莎士比亞的偉大創作才華，最明顯地表現
於他的四大悲劇：

　　《哈姆雷特》（1600～1601）；

　　《奧賽羅》（1604～1605）；

　　《李爾王》（1605～1606）；

　　《馬克白》（1605～1606）。


　　《哈姆雷特》是莎士比亞最成功的劇作。它具有不朽
的戲劇生命力，而哈姆雷特這一角色已成為文學中的神話

般的人物。在《奧賽羅》中，作者把輕信虛假的表面現象，讓感情左右理智作為悲劇的主題，並創造了複雜而令人感興趣的惡人伊阿古。《李爾王》一度成為20世紀文學評論中最風行的劇作，它的主題是「對於任性的人，他們自己遭致的傷害必須是他們之師」（二幕四場三〇一行）。在《馬克白》中，一個出於政治野心進行謀殺的粗糙故事，變成關於善惡對比的壯麗幻象，它依靠的主要藝術手法有二：一是使劇本高度詩化，二是使那兩個謀殺者具有人性，幾乎能博得人們一定的同情。

在此期間，他寫了三個後來被評論家稱為「陰暗喜劇」（或「問題劇」）的劇本，即《特洛伊羅斯與克瑞西達》（1601～1602）、《終成眷屬》（1602～1603）和《一報還一報》（1604～1605）。這三個喜劇的共同特點是對人生的一些價值標準，如榮譽和愛情，採取疑問和諷刺的態度。情節發展不夠自然流暢，暴露人物心理的陰暗面較多，有時表現出濃縮的變態感情。這些劇本只有在20世紀才得到如實排演，受到評論家的重視。

晚期戲劇包括《佩里克利斯》（1608～1609）、《辛白林》（1609～1610）、《冬天的故事》（1610～1611）和《暴風雨》（1611～1612）。

這些劇本以前被評論家稱為「傳奇劇」，並視為年邁

神衰的老人之作。事實與此相反，這些劇本都有高度的舞臺效果和創新之處。此類劇本的共同特點是：範圍廣泛的悲傷感情，但結局都達到和解和團圓。它們強調通過懺悔和寬恕產生新的希望，同時對年輕一代寄予信心，認為可用愛心醫治過去的創傷。故事往往接近荒誕，動機超乎現實。有的評論家認為其戲劇風格的這種改變是由於他此時除了詩以外，對其他均已厭倦；有的則認為他重新對羅曼蒂克的悲喜劇發生興趣；有的說他受了年輕劇作家鮑蒙特和弗萊徹的影響（其實《佩里克利斯》的創作時間可能比這兩人的《菲拉斯忒》要早）。1608年國王供奉劇團租得倫敦市內更高級的黑衣修士劇院，此處觀眾有更高的文化水準，為此，莎士比亞更有可能和必要在戲劇創作方面進行富有想像力的試驗。

他在1611年就回故鄉居住，原因不詳，逐漸退出戲劇活動，於1616年4月23日去世，得年五十二歲。

劇團需保護演出自己劇本的專利，因此不願出版劇本。莎士比亞在世時，他的一部分劇本曾作為四開單行本出版。到1623年，才由他的同事赫明和康德爾，把他的劇作編成對開本全集出版。

莎士比亞的同時代人 B・瓊森說他是天賦很高的作家，但自律不夠。德萊頓為他辯護，說他違反亞里斯多德關於戲劇時間、地點和劇情三統一原則，只是因為亞里斯

多德並沒有看到這種英國戲劇。

　　約翰遜說莎士比亞是現實主義戲劇家，「展示人間的真實情況」，其中笑與淚，喜與悲並存。德國的萊辛、歌德、施萊格爾開始了近代莎士比亞評論，闡明了他高超的藝術造詣。英國最偉大的莎士比亞學評論家柯爾律治開始說他的藝術是「無意識的」，不是有意設計出來的，後來則認為他的「不規則性」是精微的智力的表現。

　　十九世紀的莎士比亞學評論有兩種傾向，一種是把莎士比亞的藝術技巧說得過分神奇，一種是著重人物的性格分析，以至超出戲劇的範圍。人們把他同幾乎所有的宗教、政治、倫理、心理和玄學學派的思想，聯繫了起來。

　　莎士比亞對英國戲劇的影響一開始就很顯著。從韋伯斯特起，一直到蕭伯納，幾乎所有英國戲劇家都曾借助於他的創作來寫戲。他也影響了許多國外的戲劇家和導演，包括契訶夫和布萊希特。很多歐美演員都靠演他的角色表現出自己的最高成就。其戲劇也被改編成歌劇、芭蕾舞、電影和電視劇。莎士比亞讓哈姆雷特說，戲劇演出的目的是「舉起鏡子反映自然」，他的劇作的歷史，從它們最初上演直到現在，證明了他卓越地實現了這一目的。

　　本書是從莎士比亞浩翰的作品中，經過不斷的摘選、反覆推敲，才得以編譯而成，當然遺珠之憾勢所難免，不

過管中窺豹，亦可使讀者了解到這位已經離開我們四百年
的大文豪，他的作品至今仍然生生不息，亮麗地閃爍著，
而這聖火般的奧林匹克火炬仍會一代又一代的傳承下去，
永遠跨越著時空……

# CONTENTS

PART 1

# 人與人性

# 第一節

# 人與人生

能夠把感情和理智調整得那麼適當，
命運不能把他玩弄於指掌之間，
那樣的人是有福的。
—— 《哈姆雷特》


人們最愛用這一種糊塗思想來欺騙自己；
往往當我們因為自己行為不慎而遭逢不幸的時候，
我們就會把我們的災禍歸怨於日月星辰，
好像我們做惡人也是命運注定，
做傻瓜也是出於上天的旨意，
做無賴、做盜賊、做叛徒，
都是受到天體運行的影響，
酗酒、造謠、姦淫，都有一顆什麼星在那兒主持操縱，
我們無論幹什麼罪惡的行為，
全都是因為有一種超自然的力量在冥冥之中驅策著我們。
—— 《李爾王》

# 一個人要是把生活的幸福和目的，

只看作吃吃睡睡，他還算是個什麼東西？

簡直不過是一頭畜生！

——《哈姆雷特》

一個非常窮苦的人，

受慣命運的打擊，

因為自己是從憂患中間過來的，

所以對於不幸的人很容易抱持同情的態度。

——《李爾王》

一個人總要到了日暮途窮，

方才知道人心是不可輕信的。

——《雅典的泰門》

無論時世怎樣艱難，

一個人總還是可以安分度日的。

——《雅典的泰門》

眼光淺近的人，

往往會把黑白混淆起來。

——《雅典的泰門》

# 貪生怕死，

是我們人類的常情，
我們寧願每小時忍受著死亡的慘痛，
也不願一下子結束自己的生命。

——《李爾王》

一個人無論稟有著什麼奇才異能，

倘然不把那種才能傳達到別人的身上，

他就等於一無所有；

也只有在把才能發展出去以後所博得的讚美聲中，

才可以認識他本身的價值。

——《特洛伊羅斯與克瑞西達》

一個人到了窮困潦倒無依無靠的時候，

微賤的東西竟也會變成無價之寶。

——《李爾王》

沒有受過傷的，

才會譏笑別人身上的傷痕。

——《羅密歐與朱麗葉》

聰明人變成了愚痴，

是一條最容易上鉤的魚；

因為他憑恃才高學廣，

看不見自己的狂妄。

——《愛的徒勞》

# 人總是人，

聖賢也有錯誤的時候。

——《奧賽羅》

為了懼怕可能發生禍患而結束自己的生命，

是一件懦弱卑劣的行為。

——《凱撒大帝》

女人是天生驕傲的，

誰也對她無可奈何。

——《維洛那二紳士》

誰在席終人散以後，

他的食慾還像初入座時候那麼強烈？

哪一匹馬在冗長的歸途上，

會像牠起程時那麼奮力疾馳？

——《威尼斯商人》

女人在最幸福的環境裡，

也往往抵抗不了外界的誘惑；

一旦到了困貧無助的時候，

一塵不染的貞女也會失足墮落。

——《安東尼與克麗奧佩特拉》

・契馬布耶／聖母祭壇的天使

# 命運是一個很好的女神，

她不願讓小人永遠得志。

──《終成眷屬》

說話慢條斯理是女人最大的美德。

　　──《維洛那二紳士》

你可以找到二十隻貪淫的烏龜，

卻不容易找到一個規規矩矩的男人。

　　──《溫莎的風流婦人》

人一旦倒楣，

他就成了眾人腳下的泥，

而且一旦成泥，

就沒有人肯把他再拾起。

　　──《維納斯與阿都尼》

命運也像娼妓一樣，

有意向叛徒賣弄風情，

助長他罪惡的氣焰。

　　──《馬克白》

# 一個人不走運時，

自己的僕人也會像惡狗一樣反過來咬他一口。

——《維洛那二紳士》

如果你不繁殖，

供給大地生息之資，

那大地為什麼就該繁殖，

供你生息？

——《維納斯與阿都尼》

我們往往在享有某一件東西的時候，

一點不看重它的好處；

等到失掉它以後，

卻會誇張它的價值，

發現它還在我們手裡時所看不出來的優點。

——《無事生非》

全世界是一個舞台，

所有的男男女女不過是一些演員；

他們都有下場的時候，

也都有上場的時刻。

——《皆大歡喜》

# 我把這個世界看作一個舞台，

每一個人必須在這舞台上扮演一個角色，
我扮演的是一個悲哀的角色。
──《威尼斯商人》

一個人的一生中扮演著好幾個角色，

他的表演可以分為「七個時期」。

（一）最初是嬰孩，

　　　在保姆的懷中啼哭嘔吐。

（二）然後是背著書包、滿臉紅光的學童，

　　　像蝸牛一樣慢騰騰地拖著腳步，

　　　不情願地嗚咽著上學堂。

（三）然後是情人，

　　　像爐灶一樣嘆著氣，

　　　寫了一首悲哀的詩歌詠著他戀人的眉毛。

（四）然後是一個軍人，

　　　滿口發著古怪的誓詞，

　　　鬍鬚長得像豹子一樣，

　　　愛惜名譽，動不動就要打架，

　　　在炮口上尋求著泡沫一樣的榮名。

（五）然後是法官，

　　　胖胖圓圓的肚子塞滿了閹雞，

　　　凜然的眼光，整潔的鬍鬚，

　　　滿嘴都是格言和老生常談；

　　　他這樣扮了他的一個角色。

（六）第六個時期變成了精瘦的趿著拖鞋的龍鍾老叟，

　　　鼻子上架著眼鏡，腰邊懸著錢袋；

　　　他那年輕時候節省下來的長襪子，

# 一個人成長的過程，

不僅是肌肉和體格的增強，
而且隨著身體的發展，
精神和心靈也同時擴大。
—— 《哈姆雷特》

套在他皺瘦的小腿上顯得寬大異常；
他那朗朗的男子口音又變成了孩子似的尖聲，
像是吹著風笛和哨子。
（七）終結著這段古怪的多事的歷史的最後一場，
是孩提時代的再現，
全然的遺忘，
沒有牙齒，沒有眼睛，
沒有口味，沒有一切了。

—— 《皆大歡喜》

人生不過是一個行走的影子，
一個在舞台上指手畫腳的拙劣的伶人，
登場片刻——
就在無聲無息中悄然退下；
它是一個愚人所講的故事，
充滿著喧嘩和騷動，
卻找不到一點意義。

—— 《馬克白》

# 最好的戲劇

也不過是人生的一個縮影；
最壞的只要用想像補足一下，
也就不會壞到什麼地方去。
——《仲夏夜之夢》

人生就像一段重複敘述的故事一般可厭，
擾亂一個倦怠者的懶洋洋的耳朵；
辛酸的恥辱已經損害了人世的美味，
除了恥辱和辛酸以後，它便一無所有。

——《約翰王》

所謂「生命」這東西，
究竟有什麼值得眷顧呢？
在我們的生命中隱藏著千萬次的死亡，
可是我們對於結束一切痛苦的死亡卻那樣害怕。

——《一報還一報》

一個人既然在離開世界的時候，
只能一無所有，那麼早早脫身而去，
不是更好嗎？

——《哈姆雷特》

死亡雖然是苦事，
卻可以結束人生的慘痛。

——《理查二世》

# 人生的種種事情，

往往在最後關頭會出現在眼前；
長期的艱辛所不能取得結果的，
卻會在緊急的一刻中得到決定。

──《愛的徒勞》

在我所聽到過的一切怪事之中，
人們的貪生怕死是一件最奇怪的事情，
因為死本來是一個人免不了的結局，
它要來的時候誰也不能叫它不來。

──《凱撒大帝》

生命的時間是短促的，
但是即使生命隨著時鐘的指針飛馳，
到了一小時就要宣告結束時，
要卑賤地消磨這段時間，卻也嫌太長。

──《亨利四世‧上》

貧窮而知足，可以賽過富有；
有錢的人要是時時刻刻都在擔心他會有一天變成窮人，
那麼即使他有無限的財富，
實際上也像冬天一樣貧困。

──《奧賽羅》

# 性格與美德

高人隱士，

他們潛居在並不比這洞窟更大的斗室之內，

潔身自好，與世無爭，

保持他們純潔的德性，

把世俗的過眼榮華置之不顧……

——《辛白林》

誰要是死心塌地追隨一個失勢的主人，

那麼他的主人雖然被他的環境征服了，

他卻能夠征服那種環境而不為所屈，

這樣的人是應該在歷史上永遠占據一個地位的。

——《安東尼與克麗奧佩特拉》

忘恩負義是一種極大罪惡……

——《科利奧蘭納斯》

# 人不是驢子，

誰甘心聽人家使喚？

——《錯中錯》

寧願做一朵籬下的野花，

不願做一朵受恩惠的薔薇；

與其逢迎獻媚，

偷取別人的歡心，

毋寧被眾人所鄙棄。

——《無事生非》

人們為了希望得到重大的利益，

才會不惜犧牲一切；

一顆貴重的心，

絕不會屈躬俯就鄙賤的外表。

——《威尼斯商人》

我不願選擇眾人所希求的東西，

因為我不願隨波逐流，

與庸俗的群眾為伍。

——《威尼斯商人》

道德的行動較之仇恨的行動是可貴得多的。

——《暴風雨》

# 變節的叛徒，

在歷史上將要永遠留下被人唾罵的污名……

——《安東尼與克麗奧佩特拉》

與其被人在表面上恭維而背地裡鄙棄，
那麼還是像這樣讓自己明白為舉世所不容的好。

——《李爾王》

有一輩天生的奴才，

他們卑躬屈節，

拚命討主人的好，

甘心受主人的鞭策，

像一頭驢子似的，

為了一些糧草而出賣他們的一生，

等到年紀老了，

主人就把他們攆走；

這種老實的奴才是應該抽一頓鞭子的。

——《奧賽羅》

太陽，它容忍污濁的浮雲遮蔽它的莊嚴的寶相，
然而當它一旦穿破醜惡的阻障，
大放光明的時候，
人們因為仰望已久，
將要格外對它驚奇讚嘆。

——《亨利四世·上》

# 有時候一時孟浪，

往往反而會做出一些為我們的深謀遠慮所做不成的事。

——《哈姆雷特》

夜裡輝煌的燈光，

本是把自己的油耗乾了，

才把人間照亮。

——《維納斯與阿都尼》

患難可以試驗一個人的品格；

非常的境遇方才可以顯出非常的氣節；

風平浪靜的海面，

所有的船隻都可以並駕爭勝；

命運的鐵拳擊中要害的時候，

只有大勇大智的人，才能夠處之泰然。

——《科利奧蘭納斯》

造物給你美貌，

也給你美好的德性；

沒有德性的美貌，

是稍蹤即逝的；

可是因為在你的美貌之中，

有一顆美好的靈魂，

所以你的美貌是永存的。

——《一報還一報》

# 人生除了天然的需要以外，

要是沒有其他的享受，
那和畜類的生活有什麼區別。
——《李爾王》

道德和才藝是遠勝於富貴的資產；
墮落的子孫可以把貴顯的門第敗壞，
把巨富的財產蕩毀。
可是，道德和才藝，
卻可以使一個凡人成為不朽的神明。
——《波力克里斯》

上天生下我們，
是要把我們當成火炬，
不是照亮自己，
而是普照著世界；
因為我們的德行倘不能推及他人，
那就等於沒有一樣。
——《一報還一報》

無論一個人的天賦如何優異，
外表或內心如何美好，
也必須在他的德性的光輝照耀到他人身上發生了熱力、
再由感受他的熱力的人把那熱力反射到自己身上的時候，
才能體會到他本身的價值的存在。
——《特洛伊羅斯與克瑞西達》

．喬托／哀悼基督

# 黑夜無論怎樣悠長，

白晝總會到來的。

——《馬克白》

你因為貧窮，所以是最富有的；

你因為被遺棄，所以是最寶貴的；

你因為遭人輕視，所以最蒙我的憐愛。

我現在把你和你的美德一起攬在我的手裡；

人棄我取是法理上所許可的。

——《李爾王》

什麼都比不上厄運更能磨鍊人的德性。

——《理查二世》

黑炭才是最好的顏色，

它是不屑於用其它的色彩塗染的；

大洋裡所有的水不能使黑天鵝變成白色，

雖然它每時每刻都在波濤裡沖洗。

——《泰特斯‧安德洛尼克斯》

慷慨本來是天神的德性，

凡人太慷慨卻會損害他自己。

——《雅典的泰門》

# 軍人總是身無長物的，

錢財難得會到你的手裡；
因為你的生活是與死為鄰，
你所有的土地都在疆場之上。
—— 《雅典的泰門》

一個貴人如果有了一點點這樣的缺點，

就會失去人們的信心，

在他其餘一切美好的德行上留下一個污跡，

遮掩了它們值得讚嘆的特色。

—— 《亨利四世・上》

在命運的顛沛中，

最可以看出人們的氣節：

風平浪靜的時候，

有多少輕如一葉的小舟，

敢在寧謐的海面上行駛，

和那些載重的大船並駕齊驅！

可是一等到風濤怒作的時候，

你就可以看見那堅固的大船像一匹凌空的天馬，

從如山的雪浪裡騰躍疾進；

那憑著自己單薄脆弱的船身，

便想和有力者競勝的不自量力的小舟呢，

不是逃進港口，

便是葬身在海神的腹中。

表面的勇敢和實際的威武，

也正是這樣在命運的風浪中區別出來。

—— 《特洛伊羅斯與克瑞西達》

# 在一個傷心人的面前裝傻，

對自己、對別人，
都是一件不愉快的行為。
——《李爾王》


我不敢冒瀆我的可敬的祖母，
然而美德的娘親有時卻會生出不肖的兒子來。
——《暴風雨》


人們的醜行就像刻在金石上一樣，
與世長存，而他們的德行，我們卻寫在水上。
——《亨利八世》


我們從野草裡採來了蜜；
從魔鬼那兒居然獲得了道德的教訓。
——《亨利五世》


因為自恃己長的緣故，
他的優點已經開始在我們眼中失去光彩，
正像一枚很好的鮮果，
因為放在齷齪的盆子裡，
沒有人要去吃它，
只好聽任它腐爛。
——《特洛伊羅斯與克瑞西達》

# PART 2

# 愛情與友情

# 第一節

# 愛　情

愛，

你越把它遏制，

它越燃燒得厲害。

你知道汩汩的輕流如果遭遇障礙就會激成怒湍；

可是它的路程倘使順流無阻，

它就會在光潤的石子上彈奏柔和的音樂，

輕輕地吻著每一根在它巡禮途中的蘆葦，

以這種遊戲的心情經過許多曲折的路程，

最後到達遼闊的海洋。

——《維洛那二紳士》


你要是知道一個人在戀愛中的內心的感覺，

你就會明白用空言來壓遏愛情的火焰，

正像雪中取火一樣無益。

——《維洛那二紳士》

# 一個人應該只有一顆心，

不該朝三暮四。

——《維洛那二紳士》

血液中的火焰一燃燒起來，

最堅強的誓言也就等於草稈。

——《暴風雨》

愛比殺人重罪更難隱藏；

愛的黑夜有中午的陽光。

——《第十二夜》

一條河流完全擁塞，

水就流得更猖狂；

一個悶爐絲毫不通氣，

火就著得更旺；

密不告人的愁煩，

也正是同樣的情況；

自由暢談，

可以使「愛」的烈焰稍稍低降。

——《維納斯與阿都尼》

越是掩飾，它越是顯露得清楚。

——《暴風雨》

# 火關得越緊，

燒起來越猛烈。

——《維洛那二紳士》

真正的愛情是不能用語言表達的，

行為才是忠心的最好說明。

——《維洛那二紳士》

我們兩人曾經像兩個巧手的神匠，

在一起繡著同一朵花，

描著同一個圖案；

我們同坐在一個椅墊上，

齊聲曼吟著同一個歌兒，

就像我們的手、我們的身體、

我們的聲音、我們的思想，

都是連在一起不可分的樣子。

——《仲夏夜之夢》

愛情進了人的心裡，

是打罵不走的。

它既然到了您的身上，

就會占有您的一切。

——《馴悍記》

# 時光，

憑你多狠，
我的愛在我的詩裡將萬古長青。
——《十四行詩》

假如你記不住你為了愛情，
而做出來的一件最瑣碎的傻事，
你就不算真的戀愛過。
假如你不曾……絮絮講你的姑娘的好處，
使聽的人不耐煩，
你就不算真的戀愛過。
假如你不曾突然離開你的同伴，
……你也不算真正的戀愛過。
——《皆大歡喜》

誰要是把一分鐘分作了一千分，
而在戀愛上誤了一千分之一分鐘的幾分之一的約會，
這種人，人家也許會說丘比特曾經拍過他的肩膀，
可是我敢說他的心是不曾中過愛神之箭的。
——《皆大歡喜》

你可以疑心星星是火把；
你可以疑心太陽會移轉；
你可以疑心真理是謊話；
可是我的愛永沒有改變。
——《哈姆雷特》

# 男人要是始終如一，

他就是個完人……

——《維洛那二紳士》

不要指著月亮起誓，

它是變化無常的，

每個月都有盈虧圓缺；

你要是指著它起誓，

也許你的愛情也會像它一樣無常。

——《羅密歐與朱麗葉》

被摧毀的愛一旦重新修建好，

就比原來更宏偉、更美、更堅強。

——《十四行詩》

一個人倘不是真心喜歡一樣東西，

絕不會把它讚美得恰如其分。

——《雅典的泰門》

愛之為物，本是火的精華，

空靈、遊蕩、飄灑，

並非重濁而下沉，

而是輕輕洋溢在欲望之中。

——《維納斯與阿都尼》

# 愛是溫柔的嗎？

它是太粗暴、太專橫、太野蠻了；
它像荊棘一樣刺人。
——《羅密歐與朱麗葉》

愛是一件溫柔的東西，
要是你拖著它一起沉下去，
那未免太難為它了。
——《羅密歐與朱麗葉》

愛情是嘆息吹起的一陣煙；
戀人的眼中有它淨化了的火星；
戀人的眼淚是它激起的波濤。
它又是最智慧的瘋狂，
哽喉的苦味，
吃不到嘴的蜜糖。
——《羅密歐與朱麗葉》

愛不過起於一時感情的衝動，
經驗告訴我，
經過了相當時間，
它是會逐漸冷淡下去的。
愛像一盞油燈，
燈芯燒枯以後，
它的火焰也會由微暗而至於消滅。
——《哈姆雷特》

# 不愛自己，

## 怎麼能愛別人呢？

### ——《理查二世》

甜蜜的愛情往往是命運嘴裡的食物。

——《特洛伊羅斯與克瑞西達》

愛情不過是一種瘋狂……

——《皆大歡喜》

你希望別人分擔你的相思的痛苦，

你這種戀愛太自私了。

——《愛的徒勞》

愛情永遠是自私的……

——《維洛那二紳士》

本來就滿了槽的河水，

再加上大雨滂沱，

勢必溢出河槽，

往兩岸泛濫，

把四處淹沒。

——《維納斯與阿都尼》

# 越是相愛，

越是掛腸牽肚；
不這樣哪顯得你我情濃？
——《哈姆雷特》

這一種愛可以使唇舌無能為力，
辯才失去效用；
我愛您是不可以數量計算的。
——《李爾王》

我是個笨拙的人，
不會把我的心湧上我的嘴；
我愛您只是按照我的名分，
一分不多，一分不少。
——《李爾王》

真正的愛情，
所走的道路永遠是崎嶇多阻。
——《仲夏夜之夢》

愛情本來是盲目的，
讓他在黑暗裡摸索去吧。
——《羅密歐與朱麗葉》

# 恨灰中燃起了愛火融融，

要是不該相識，何必相逢！

——《羅密歐與朱麗葉》

「愛」要永遠有「憂愁」做隨從；

它要永遠有「嫉妒」來把它服侍供奉。

它雖以甜蜜始，

卻永遠要以煩惱終。

凡情之所鍾，

永遠要貴賤參差，高下難同，

因此，它的快樂永遠要敵不過它的苦痛。

——《維納斯與阿都尼》

狂暴的快樂將會產生狂暴的結局，

正像火和火藥的親吻，

就在最得意的一剎那煙消雲散。

最甜的蜜糖可以使味覺麻木；

不太熱烈的愛情才會維持久遠；

太快和太慢，結果都不會圓滿。

——《羅密歐與朱麗葉》

青春的戀愛就像陰晴不定的四月天氣，

太陽的光彩剛剛照耀大地，

片刻間就遮上了黑沉沉的烏雲一片。

——《維洛那二紳士》

・魯伯列夫／聖三位一體

# 愛與恨

不能同在一個屋簷下。

──《魯克麗絲受辱記》

新的火焰可以把舊的火焰撲滅，

大的苦痛可以使小的苦痛減輕；

頭暈目眩的時候，

只要轉身向後；

一樁絕望的憂傷，

也可以用另一樁煩惱把它驅除。

──《羅密歐與朱麗葉》

來得太遲了的愛情，

就像已經執行死刑以後方才送到的赦狀，

不論如何後悔，都沒有法子再挽回了。

我們的粗心的錯誤，

往往不知看重我們自己所有的可貴的事物，

直至喪失了它們以後，

方始認識它們的真價。

我們無理的憎嫌，

往往傷害了我們的朋友，

然後再在他們的墳墓之前椎胸哀泣。

我們讓整個白晝在憎恨中昏睡過去，

而當我們清醒轉來以後，

再讓我們的愛情因為看見已經鑄成的錯誤而慟哭。

──《終成眷屬》

# 心心相繫的人，

在悲哀之中必然會發出同情的共鳴。
—— 《泰特斯‧安德洛尼克斯》

既然真心的戀人們永遠要受磨折，

似乎已是一條命運的定律，

那麼讓我們練習著忍耐吧；

因為這種磨折，

正和憶念、幻夢、嘆息、希望和哭泣一樣，

都是可憐的愛情缺少不了的隨從者。

—— 《仲夏夜之夢》

要是愛情虐待了你，

你也可以虐待愛情；

它刺痛了你，

你也可以刺痛它；

這樣你就可以戰勝了愛情。

—— 《羅密歐與朱麗葉》

有許多求婚的人，

在開始求婚的時候，

雖然明知道他的戀人沒有什麼可愛，

仍舊會把她恭維得天花亂墜，

發誓說他真心地愛著她的。

—— 《無事生非》

# 情人們發的誓，

是和堂倌嘴裡的話一樣靠不住的，
他們都是慣報虛帳的傢伙。
——《皆大歡喜》

在我們沒有願意供你驅使之前，

你們是願意供我們驅使的；

可是一等到你們把我們枝上的薔薇採去以後，

你們就把棘刺留著刺痛我們，

反倒來嘲笑我們的枝殘葉老。

——《終成眷屬》

戀人們發誓要做的事情，

總是超過他們的能力，

可是他們卻保留著一種永不實行的能力。

——《特洛伊羅斯與克瑞西達》

一時的熱情中發下誓願，

心冷了，那意志也隨雲散。

——《哈姆雷特》

對於戀人們的寒盟背信，

天神是一笑置之的。

——《羅密歐與朱麗葉》

# 年輕人的愛情，

都是見異思遷，
不是發於真心。
——《羅密歐與朱麗葉》


早結果的樹木，一定早凋零。
——《羅密歐與朱麗葉》


讓貞操不要和美貌並存，
真理不要和虛飾同在；
有了第二個男人插足，
愛情就該抽身退避。
——《辛白林》


這一種愛情的脆弱的刻痕就像冰雪上的紋印一樣，
只需片刻的熱氣，
就能把它溶化在水中而消失影蹤。
——《維洛那二紳士》


在戀愛的事情上，
都是上天親自安排好的；
金錢可以買田地；
娶妻只能靠運氣。
——《溫莎的風流婦人》

# 愛情裡面

要是攙雜了和它本身無關的算計，
那就不是真的愛情。
——《李爾王》

越是到處宣揚著他們的愛情的，
他們的愛情越是靠不住。
——《維洛那二紳士》

當你在我身邊的時候，
黑夜也變成了清新的早晨。
——《暴風雨》

有一類遊戲是很吃力的，
但興趣會使人忘記辛苦；
有一類卑微的工作是用堅苦卓絕的精神忍受著的，
最低陋的事情往往指向最崇高的目標。
我這種賤役對於我應該是艱重而可厭的，
但我所奉侍的女郎使我生趣勃發，
覺得勞苦反而是一種愉快。
——《暴風雨》

愛情驅著一個人走的時候，
為什麼他要滯留呢？
——《仲夏夜之夢》

# 即使用二十把鎖，

把「美」牢牢地鎖在密室，
「愛」依然能把鎖個個打開而直接闖入。
——《維納斯與阿都尼》

我最初愛慕的是一顆閃爍的星星，
如今崇拜的是一個中天的太陽；
無心中許下的誓願，
可以有意把它毀棄不顧；
只有沒有智慧的人，
才會遲疑於好壞兩者之間的選擇。
——《維洛那二紳士》

一遇愛情的火焰，
畏怯的冰霜就會消融。
——《魯克麗絲受辱記》

愛情可以刺激懦夫，
使他鼓起本來所沒有的勇氣。
——《奧賽羅》

愛情的力量所能夠做到的事，
它都會冒險嘗試。
——《羅密歐與朱麗葉》

# 戀愛是盲目的，

戀人們瞧不見他們自己所幹的傻事！

——《威尼斯商人》

戀愛的人去赴他情人的約會，
像一個放學歸來的兒童；
可是當他和情人分別的時候，
卻又像上學去一般滿臉懊喪。

——《羅密歐與朱麗葉》

詩人不敢提筆抒寫他的詩篇，
除非他的墨水裡調和著愛情的嘆息；
啊！那時候他的詩句就會感動野蠻的猛獸，
激發暴君的天良。

——《愛的徒勞》

愛情！你深入一切事物的中心；
你會把不存在的事實變成可能，
而和夢境互相溝通。

——《冬天的故事》

親密的情愛一旦受到激動，
是會變成最深切的怨恨的。

——《理查二世》

# 強力的愛啊！

它會使畜生變成人類，
也會使人類變成畜生。
——《溫莎的風流婦人》

我是說戀愛。

苦惱的呻吟換來了輕蔑；

多少次心痛的歎息才換得了羞答答的秋波一盼；

片刻的歡娛，

是二十個晚上輾轉無眠的代價。

即使成功了，也許會得不償失；

要是失敗了，那就白費一場辛苦。

戀愛會淹沒了人的聰明，

使人變為愚蠢。

——《維洛那二紳士》

最熟的花蕾，

在未開放前就給蛀蟲吃去；

所以年輕聰明的人，

也會被愛情化成愚蠢，

在盛年的時候就喪失欣欣向榮的生機，

未來一切美妙的希望都成為泡影。

——《維洛那二紳士》

吵吵鬧鬧的相愛，親親熱熱的怨恨！

——《羅密歐與朱麗葉》

# 智慧和愛情

只有在天神的心裡才會同時存在，
人們是不能兼而有之的。
——《特洛伊羅斯與克瑞西達》

戀愛不遂的瘋狂，
一個人受到這種劇烈的刺激，
什麼不顧一切的事情都會幹得出來，
其他一切能迷住我們本性的狂熱，
最厲害也不過如此。
——《哈姆雷特》

要是我可以節制我的感情，
或是把它的味道沖得淡薄一點，
那麼也許我也可以節制找的悲哀；
可是我的愛是不容許滲入任何水分的，
我失去了這樣一個愛人的悲哀，
也是沒有法子可以排遣的。
——《特洛伊羅斯與克瑞西達》

我們是自然的子女，
誰都有天賦的感情；
這一枚棘刺，
正是青春的薔薇上少不了的。
有了我們，就有感情。
——《終成眷屬》

# 我們既然都是凡人，

只要遇到了情魔是免不得要大發其痴勁的。

——《皆大歡喜》

戀愛是充滿了各種失戀的怪癖的，

因此它才使我們表現出荒謬的舉止，

像孩子一般無賴、淘氣而自大；

它是產生在眼睛裡的，

因此它像眼睛一般，

充滿了無數迷離恍惚、變幻多端的形象，

正像眼珠的轉動反映著它所觀照的各種事物一樣。

——《愛的徒勞》

　　　　　　　　一個人明明知道沉迷在戀愛裡，

　　　　　　　　　　是一種多麼愚蠢的事，

　　　　　　　可是在譏笑他人的淺薄無聊以後，

　　　　　　　　　偏偏會自己打自己的耳光，

　　　　　　　　照樣跟人家鬧起戀愛來了。

　　　　　　　　　　　　　——《無事生非》

誰要是願意為一個不愛他的女人

而去冒生命的危險，

那才是一個大傻瓜哩！

——《維洛那二紳士》

# 一個戀愛中的人，

可以踏在隨風飄蕩的蛛網上而不會跌下，
幻妄的幸福使他靈魂飄然輕舉。
——《羅密歐與朱麗葉》

一切卑劣的弱點，
在戀愛中都成為無足重輕、
而變成美滿和莊嚴。
愛情是不用眼睛而用心靈看著的，
因此生著翅膀的丘匹德常被描成盲目；
而且愛情的判斷全然沒有理性，
光有翅膀，不生眼睛，
一味表示出鹵莽的急躁，
因此愛神便據說是一個孩兒，
因為在選擇方面他常會弄錯。
正如頑皮的孩子慣愛發假誓一樣，
司愛情的小兒也到處賭著口是心非的詛咒。
——《仲夏夜之夢》

一個溫淑的姑娘嘴裡儘管說「不」，
她卻要人家解釋成「是」。
唉！唉！
這一段痴愚的戀情是多麼顛倒，
正像一個壞脾氣的嬰孩一樣，
一會兒在他保姆身上亂抓亂打，
一會兒又服服貼貼地甘心受責。
——《維洛那二紳士》

# 生命的光榮

存在於一雙心心相印的情侶的
及時互愛和熱烈擁抱之中。
—— 《安東尼與克麗奧佩特拉》


你的愛對我比門第還要豪華，

比財富還要豐裕，

比豔妝光彩，

它的樂趣遠勝過鷹犬和駿馬；

有了你，我便可以笑傲全世界。

—— 《十四行詩》


愛情的精靈啊！

你是多麼敏感而活潑；

雖然你有海一樣的容量，

可是無論怎樣高貴超越的事物，

一進了你的範圍，

便會在頃刻間失去了它的價值。

愛情是這樣充滿了意象，

在一切事物中是最富於幻想的。

—— 《第十二夜》


在戀愛中的人，

歡喜看人家相戀。

—— 《皆大歡喜》

# 愛情

雖然會用理智來作療治相思的藥餌，
它卻是從來不聽理智的勸告的。
——《溫莎的風流婦人》

我正像愛上了一顆燦爛的明星，

痴心地希望著有一天能夠和他結合，

他是這樣高不可攀；

我不能踰越我的名分和他親近，

只好在他的耀目的光華下，

沾取他的幾分餘輝，

安慰安慰我的飢渴。

——《終成眷屬》

・法布利阿諾／賢士來拜

# 他為了愛不顧一切，

那證明了愛情是多麼深刻。

——《維洛那二紳士》

我正在懺悔我自己從前對於愛情的輕視，

它的至高無上的威權，

正在用痛苦的絕食、悔罪的呻吟、

夜晚的哭泣和白晝的歎息懲罰著我。

為了報復我從前對它的侮蔑，

愛情已經從我被蠱惑的眼睛中驅走了睡眠，

使它們永遠注視著我自己心底的憂傷……

愛情是一個絕大威權的君王，

我已經在他面前甘心臣服，

他的懲罰使我甘之如飴，

為他服役是世間最大的快樂。

——《維洛那二紳士》

他追求著榮譽，

我追求著愛情，

他離開了他的朋友，

使他的朋友們因他的成功而增加光榮；

我為了愛情，

把我自己、我的朋友們以及一切都捨棄了。

——《維洛那二紳士》

# 不要放縱你的愛情，

不要讓欲望的利箭把你射中。

——《哈姆雷特》

萬物受過滋潤灌溉，

就會豐盛飽滿，

種子播了下去，

一到開花的季節，

荒蕪的土地上就會變成萬花爭榮。

——《一報還一報》

人類的天性由於愛情而格外敏感，

因為是敏感的，

所以會把自己最珍貴的部分捨棄給所愛的事物。

——《哈姆雷特》

鴿子追逐著鷹隼，

溫柔的牝鹿追捕著猛虎；

然而，弱者追求勇者，

結果總是徒勞無益的。

然而，我願死在我所深愛的人的手中，

好讓地獄化成了天宮。

——《仲夏夜之夢》

# 為愛情而奔走的人，

當他嫌跑得不夠快的時候，

就會溜著去。

——《維洛那二紳士》

最芬芳的花蕾中有蛀蟲，

最聰明人的心裡，

才會有蛀蝕心靈的愛情。

——《維洛那二紳士》

希望和獅子匹配的馴鹿，

必須為愛而死。

——《終成眷屬》

當熱烈的戀情給青春打下了烙印，

這正是自然天性的標誌和記號。

——《終成眷屬》

充實的思想不在於言語的富麗；

只有乞兒才能夠計數他的家私。

真誠的愛情充溢在我的心頭，

我無法估計自己享有的財富。

——《羅密歐與朱麗葉》

# 愛情啊，

把你的狂喜節制一下，
不要讓你的歡樂溢出界限，
讓你的情緒越過分寸。
——《威尼斯商人》

我的慷慨像海一樣浩渺，

我的愛情也像海一樣深沉；

我給你的越多，

我自己也越是富有，

因為這兩者都是沒有窮盡的。

——《羅密歐與朱麗葉》

「愛」和炭相同，燒起來，

得設法叫它冷卻。

讓它任意著，

那它就要把一顆心燒焦。

大海有崖岸，

熱烈的愛卻沒有邊界的牢欄。

——《維納斯與阿都尼》

婚姻是一樁鄭重的大事，

不能依靠捐客們的措合。

什麼人做他的臥榻上的伴侶，

不能決定於我們要誰，

而應決定於他愛的是誰。

——《亨利六世·上》

# 一切仰慕的最高峰，

價值抵得過世界上一切最珍貴的財寶！

——《暴風雨》

善於演說的人，

當他們一時無話可說之際，

他們會吐一口痰；

情人們呢，

倘使缺少了說話的資料，

接吻是最便當的補救辦法。

——《皆大歡喜》

一切沉悶的學術都局限於腦海之中，

它們因為缺少活動，

費了極大的艱苦還是絕無收穫；

可是從一個女人的眼睛裡學會了戀愛，

卻不會禁閉在方寸的心田裡，

它會隨著全身的血液，

像思想一般迅速的通過百官四肢，

使每一個器官發揮出雙倍的效能；

它使眼睛增加一重明亮，

戀人眼中的光芒可以使猛鷹眩目；

戀人的耳朵聽得出最微細的聲音，

任何鬼祟的奸謀都逃不出它的知覺；

戀人的感覺比載殼蝸牛的觸角還要微妙靈敏……

——《愛的徒勞》

# 突然盲目的人，

永遠不會忘記存留在他消失了的視覺中的寶貴的影像。

——《羅密歐與朱麗葉》

　　　　　　　　　　　　幸福的婚姻生活，

　　　　　　　　　　往往會被卑鄙的勾當、

　　　　　　　　　　陰險的猜忌所破壞……

　　　　　　　　　　　　——《亨利五世》

「愛」使人安樂舒暢，就好像雨後的太陽。

「淫」的後果，卻像豔陽天變得雨驟風狂；

「愛」就像春日，永遠使人溫暖、新鮮、清爽，

「淫」像冬天，夏天沒完就來得急急忙忙。

「愛」永不使人生厭，

「淫」卻像饕餮，飽脹而死亡。

「愛」永遠像真理昭彰，

「淫」卻永遠騙人說謊。

　　——《維納斯與阿都尼》

　　　　　　　　　　　　我有了這樣一宗珍寶，

　　　　　　　　　　就像二十個大海的主人，

　　　　　　　　　　它的每一粒泥沙都是珠玉，

　　　　　　　　　每一滴海水都是天上的瓊漿，

　　　　　　　　　每一塊石子都是純粹的黃金。

　　　　　　　　　　　——《維洛那二紳士》

# 可以量深淺的愛，

是貧乏的。

——《安東尼與克麗奧佩特拉》

僅僅是愛的影子，
已經給人這樣豐富的歡樂，
要是能占有愛的本身，
那該有多麼甜蜜！
——《羅密歐與朱麗葉》

求婚、結婚和後悔，
就像蘇格蘭急舞、
慢步舞和五步舞一樣，
開始求婚的時候，
正像蘇格蘭急舞一樣狂熱，
迅速而充滿幻想；
到了結婚的時候，
循規蹈矩的，
正像慢步舞一樣，
拘泥著儀式和虛文；
於是接著來了後悔，
拖著疲乏的腳步，
開始跳起五步舞來，
愈跳愈快，一直跳到精疲力盡，
倒在墳墓裏為止。
——《無事生非》

不如意的婚姻好比是座地獄，

一輩子雞爭鵝鬥，不得安生；

相反地，選到一個稱心如意的配偶，

就能百年諧合，幸福無窮。

——《亨利六世‧上》

‧尚‧安端／舞會之樂

# 第二節

# 友 情

朋友間必須是患難相濟，
那才能說得上真正友誼；
你有傷心事，他也哭泣，
你睡不著，他也難安息，
不管你遇上了任何苦難，
他都心甘情願和你分擔。
患難之中的友誼，
能夠使患難舒緩，
正如朝聖者閒談，
使朝聖的長途縮短。
——《魯克麗絲受辱記》

酒肴即使稀少，
只要主人好客，
也一樣可以盡歡。
——《錯中錯》

# 真有交情，

談話裡就會體現出更真摯的友情。

——《一報還一報》

一切禮儀，

都是為了文飾那些虛應故事的行為、

言不由衷的歡迎、

出爾反爾的殷勤而設立的；

如果有真實的友誼，

這些虛偽的形式就該一律摒棄。

——《雅典的泰門》

我所唯一引為驕傲的事，

就是我有一顆不忘友情的靈魂；

要是我借著你們善意的協助而安享富貴，

我絕不會辜負你們的盛情。

——《理查二世》

對於一個耽好孤寂的人，

伴侶並不是一種安慰。

——《辛白林》

送禮的人要是變了心，禮物雖重，也會失去了價值。

——《哈姆雷特》

# 一個朋友

應當原諒他朋友的過失……

——《凱撒大帝》

假如他有時對我說話不客氣，

彷彿站在反對的一方，

那也不用驚疑，

因為良藥的味道總是苦的。

——《一報還一報》

要是我們永遠不必用我們的朋友，

那麼我們何必要朋友呢？

要是我們永遠不需要他們的幫助，

那麼他們便是世上最無用的東西，

就像深藏不用的樂器一樣，

沒有人聽得見它們美妙的聲音。

——《雅典的泰門》

酒食上得來的朋友，

等到酒盡樽空，

轉眼成為路人；

一片冬天的烏雲剛剛出現，

這些飛蟲們早就躲得不知去向了。

——《雅典的泰門》

# 欣幸獲得新交的朋友，

是比哀悼已故的親人更為有益的。

——《愛的徒勞》

友誼在別的事情上都是可靠的，

在戀愛的事情上卻不能信托；

所以戀人們都是用他自己的唇舌。

誰生著眼睛，讓他自己去傳達情愫吧，

總不要請別人代勞；

因為美貌是一個女巫，

在她的魔力之下，

忠誠是會在熱情裡溶解的。

——《無事生非》

宴會上倘沒有主人的殷勤招待，

那就不是在請酒，而是在賣酒；

這倒不如待在自己家裡吃飯來得舒服呢！

——《馬克白》

惡人的友誼一下子就會變成恐懼，

恐懼會引起彼此憎恨，

憎恨的結果，

總有一方或雙方得到咎有應得的死亡或禍報。

——《理查二世》

PART 3

# 為人處世

## 第一節

# 人情世故

在這貪污的人世，
罪惡的鍍金的手也許可以把公道推開不顧，
暴徒的贓物往往成為枉法的賄賂。
——《哈姆雷特》

人們因為不愛聽惡消息，
往往會連帶憎恨那報告惡消息的人。
——《安東尼與克麗奧佩特拉》

是的，立功遭讒，
本來是不足為奇的事，
最使人難堪的，
你還必須恭恭敬敬地陪著小心，
接受那有罪的判決。
——《辛白林》

# 一條得勢的狗，

也可以使人家唯命是從。

——《李爾王》

功業成就之時，

也就是藏弓烹狗之日；

……硬殼的甲蟲是比振翼高飛的猛鷹更為安全的。

——《辛白林》

君王們是地上的神明，

他們的意志便是他們的法律，

他們的作惡是無人可以制止的。

——《波力克里斯》

讓蜜糖一樣的嘴唇去吮舐愚妄的榮華，

在有利可圖的所在，彎下他們生財有道的膝蓋來吧。

——《哈姆雷特》

襤褸的衣衫遮不住小小的過失；

披上錦袍華服後，

便可以隱匿一切。

——《李爾王》

# 重視倫常天性的人，

必須遍受各種顛沛困苦的凌辱；
滅倫悖義的人，才會安享榮華。
—— 《雅典的泰門》

失財勢的偉人舉目無親；
走時運的窮酸仇敵逢迎。
這炎涼的世態古今一轍：
富有的門庭擠滿了賓客；
要是你在窮途向人求助，
即使知交也會情同陌路。
—— 《哈姆雷特》

存心良善的反而得到惡報，
這樣的前例是很多的。
—— 《李爾王》

我們所做的好事往往被一些由輕信、
而變成嫉妒的人們解釋為不是我們做的，
或不同意是我們做的；
我們做的壞事往往因為正好迎合下等人的口味，
就被他們高聲誇獎，
說成是我們辦的好事。
—— 《亨利八世》

# 正人君子的話，

在當時往往被認為虛偽；
奸詐小人的眼淚，卻容易博取人們的同情。

——《辛白林》

大人物可以戲侮聖賢，
顯露他們的才華，
可是在平常人就是褻瀆不敬。

——《一報還一報》

當權的人雖然也像平常人一樣有錯誤，
可是他卻可以憑仗他的權力，
把自己的過失輕輕忽略過去。

——《一報還一報》

將官嘴裡一句一時氣憤的話，
在兵士嘴裡卻是大逆不道。

——《一報還一報》

人們做了惡事，
死後免不了遭人唾罵，
可是他們所做的善事，
往往隨著他們的屍骨一起入土。

——《凱撒大帝》

# 有了錢才可以到處通行，

事情往往是這樣的。

——《辛白林》

要是把人們的血液傾注在一起，

那顏色、重量和熱度都難以區別，

偏偏在人間的關係上，

會劃分這樣清楚的鴻溝，

真是一件怪事。

——《終成眷屬》

蚊蚋不管飛到哪兒都不顯眼，

可是鷹鷲飛來，

就吸引了所有的視線。

——《魯克麗絲受辱記》

良民的衣服，賊穿上滿合適。

要是賊穿著小點，

良民會認為是夠大的；

要是賊穿著大點，

他自己會認為是夠小的。

所以，良民的衣服，

賊穿上永遠合適。

——《一報還一報》

・貝諾左／天使

# 人們對自身的過失，

常常看不分明；

自身若為非作歹，就偏心地遮蓋、撇清。

——《魯克麗絲受辱記》


一切朋友都要得到他們忠貞的報酬，

一切仇敵都要嘗到他們罪惡的苦杯。

——《李爾王》


烏鴉可以在泥漿裡，

將牠的黑翅膀洗涮，

帶著污泥飛走，

誰也不會察見；

若是雪白的天鵝也想依樣照辦，

牠那銀色的絨毛，

就會留下污斑。

——《魯克麗絲受辱記》


有財有勢的人，

就是要投河上吊，

比起他們同教的基督徒來也可以格外通融，

世上的事情真是太不公平了！

——《哈姆雷特》

# 金錢是個好兵士，

有了它就可以使人勇氣百倍。

——《溫莎的風流婦人》

被錦衣玉食淹沒了本性，

是比因窮困而撒謊更壞的；

國王們的詐欺，

是比乞丐的假話更可鄙的。

——《辛白林》

無言的珠寶比之流利的言辭，

往往更能打動女人的心。

——《維洛那二紳士》

花費了無數的錢財，

買到人家一聲讚美，

錢財一旦失掉了，

讚美的聲音也寂滅了。

——《雅典的泰門》

錢，那才是害人靈魂的更壞的毒藥，

在這萬惡的世界上，

它比你那些不准販賣的微賤的藥品更會殺人。

——《羅密歐與朱麗葉》

# 富貴催人生白髮，

布衣蔬食易長年。

——《威尼斯商人》

錢可以讓好人含冤而死，

也可以讓盜賊逍遙法外；

嘿，有時候它還會不分皂白，

把強盜和好人一起吊死的。

——《辛白林》

金子！

黃黃的、發光的、寶貴的金子！

這東西可以使黑的變成白的，

醜的變成美的，

錯的變成對的，

卑賤變成尊貴，

老人變成少年，懦夫變成勇士……

這黃色的奴隸可以使異教聯盟、同宗分裂；

它可以使受詛咒的人得福，

使害著灰白色的癩病的人為眾人所敬愛；

它可以使竊賊得到高爵顯位，

和元老們分庭抗禮；

它可以使雞皮黃臉的寡婦重做新婦，

即使她的尊容會使身染惡瘡的人見了嘔吐，

有了這東再西也會恢復三春的嬌豔。

——《雅典的泰門》

# 錢財

是個愛多事的魔王。

——《冬天的故事》

雖然權勢是一頭固執的熊，

可是金子可以拉著它的鼻子走。

——《冬天的故事》

變化無常的世事！

剛才還是誓同生死的朋友，

一轉瞬之間，

為了些微的爭執，

就會變成不共戴天的仇人。

同樣，切齒痛恨的仇敵，

他們在夢寐之中也念念不忘地，

勾心鬥角、互謀傾陷，

為了一個偶然的機會，

一些微不足道的瑣事，

也會變成親密的友人，

彼此攜手合作。

——《科利奧蘭納斯》

有的人利用著別人的驕傲而飛黃騰達，

有的人卻因為驕傲而使他的地位一落千丈！

——《特洛伊羅斯與克瑞西達》

# 過分的喜樂，

劇烈的哀傷，
反會毀害了感情的本常。
——《哈姆雷特》

大丈夫在失歡於命運以後，

不用說會被眾人所厭棄，

他可以從別人的眼睛裡看到他自己的沒落；

因為人們都是像蝴蝶一樣，

只會向炙手可熱的夏天蹁躚起舞；

在他們的俗眼之中，

只有富貴尊榮，

這些不一定用才能去博得的身外浮華，

才是值得敬重的；

當這些不足恃的浮華化為烏有的時候，

人們的敬意也就會煙消雲散。

——《特洛伊羅斯與克瑞西達》

人們的丈夫氣概，

早已銷磨在打恭作揖裡，

他們的豪俠精神，

早已喪失在逢迎阿諛裡了；

他們已經變得只剩下一條善於拍馬吹牛的舌頭；

誰會造最大的謠言，

而且拿謠言來賭咒，

誰就是個英雄好漢。

——《無事生非》

# 逆運也有它的好處，

就像醜陋而有毒的蟾蜍，

它的頭上卻頂著一顆珍貴的寶石。

——《皆大歡喜》


繁茂的藤蘿受著太陽的煦養，

成長以後，

卻不許日光進來，

正像一般憑藉主子的勢力作威作福的寵臣，

一朝羽翼既成，

卻看不起那栽培他的恩人。

——《無事生非》


那些痴心溺愛的父親們魂思夢想，

絞盡腦汁，費盡氣力，

積蓄下大筆骯髒的家財，

供給孩子們讀書學武，

最後不過落得這樣一個下場；

正像採蜜的工蜂一樣，

牠們辛辛苦苦採集百花的精髓，

等到滿載而歸，

牠們的蜜卻給別人享用，

牠們自己也因此而喪失了性命。

——《亨利四世·下》

# 老年人總是和貪心分不開的，

正像年輕人個個都是色鬼一樣……

——《亨利四世·下》

微賤往往是初期野心的階梯，

憑藉著它一步步爬上了高處；

當他一旦登上最高的一階之後，

他就不再回顧那梯子，

他的眼光仰望著雲霄，

瞧不起他從前所恃為憑藉的低下的階段。

——《凱撒大帝》

在宮廷裡算作好禮貌的，

在鄉野裡就會變成可笑，

正像鄉下人的行為，

一到了宮廷裡就顯得寒傖一樣。

——《皆大歡喜》

從前的姑娘把手給人，

同時把心也一起給了他；

現在時世變了，

得到一位姑娘的手的，

不一定能夠得到她的心。

——《奧賽羅》

# 瘋狂的人

往往能夠說出理智清明的人所說不出來的話。

——《哈姆雷特》

要是你做了獅子，

狐狸會來欺騙你；

要是你做了羔羊；

狐狸會來吃了你；

要是你做了狐狸，

萬一騙子向你告發，

獅子會對你起疑心；

要是你做了騙子，

你的愚蠢將使你受苦，

而且你也不免做狼的一頓早餐；

要是你做了狼，

你的貪饞將使你煩惱，

而且常常要為著求食而冒生命的危險；

要是你做了犀牛，

你的驕傲和兇暴將使你受罪，

讓你自己被你的盛怒所克服；

要是你做了熊，

你要死在馬蹄踐踏之下；

要是你做了馬，

你要被豹子所攫噬；

要是你做了豹，

你是獅子的近親，

你身上的斑紋將使你送命。

# 老父衣百結，兒女不相識；

老父滿囊金，兒女盡孝心。

命運如娼妓，貧賤遭遺棄。

——《李爾王》


你沒有安全，沒有保障。

你要做一頭什麼野獸，

才可以不受別的野獸的侵害呢？

——《雅典的泰門》


人類的常情教訓我們，

一個人未在位的時候，

是為眾人所欽佩的，

等到他一旦在位，

大家就對他失去了信仰；

受盡冷眼的失勢英雄，

身敗名裂以後，

也會受到世人的愛慕。

——《安東尼與克麗奧佩特拉》

## 第二節

# 處世的方式

一個問心無愧的人，

等於穿著護胸甲冑，

是絕對安全的，

他理直氣壯，

好比是披著三重盔甲；

那種理不直、氣不壯、喪失天良的人，

即使穿上鋼盔鋼甲，

也如同赤身裸體一般。

——《亨利六世·中》

我雖然愛我的人民，

可是不願在他們面前鋪張揚厲，

他們熱烈的夾道歡呼，

雖然可以表明他們對我的好感，

可是我想，喜愛這一套的人是難以稱為審慎的。

——《一報還一報》

# 我們誰都免不了一死；

與其在世上偷生苟活，拖延著日子，
還不如轟轟烈烈地死去。
——《凱撒大帝》

我寧願做一隻羊身上的虱子，
也不願做這麼一個沒有頭腦的勇士。
——《特洛伊羅斯與克瑞西達》

我們寧願重用一個活躍的侏儒，
也不要一個貪睡的巨人。
——《特洛伊羅斯與克瑞西達》

我討厭一個驕傲的人，
就像討厭一窩癩蛤蟆一樣。
——《特洛伊羅斯與克瑞西達》

要一個驕傲的人看清他自己的嘴臉，
只有用別人的驕傲給他做鏡子；
倘然向他卑躬屈節，
只會助長他的氣焰，
徒然自取其辱。
——《特洛伊羅斯與克瑞西達》

# 在危急的時候，

一個人是要懂得通權達變的。

——《科利奧蘭納斯》

對人要和氣，可是不要過於狎暱。

相知有數的朋友，

應該用鋼圈箍在你的靈魂上，

可是不要對每一個泛泛的新知濫施你的交情。

留心避免和人家爭吵；

可是萬一爭端已起，

就應該讓對方知道你不是可以輕侮的。

傾聽每一個人的意見，

可是只對極少數人發表你的意見；

接受每一個人的批評，

保留你自己的判斷。

盡你的財力購製貴重的衣服，

可是不要炫新立異，

必須富貴而不浮豔，

因為服裝往往可以表現人格；

……不要向人告貸，

也不要借錢給人；

因為債款放了出去，

往往不但丟了本錢，

而且還失去了朋友；

向人告貸的結果，

容易養成因循懶惰的習慣。

——《哈姆雷特》

‧安德利亞／聖母聖子與天使聖徒

# 你自己和你所有的一切，

倘不拿出來貢獻於人世，

僅僅一個人獨善其身，那實在是一種浪費。

——《一報還一報》

黃金如善於利用，

卻能把更多的黃金生出。

——《維納斯與阿都尼》

對眾人一視同仁，

對少數人推心置腹，

對任何人不要虧負；

在能力上你應當能和你的敵人抗衡，

但不要因為爭強好勝而炫耀你的才幹；

對於你的朋友，

你應該開誠相與；

寧可被人責備你樸訥寡言，

不要讓人嗔怪你多言僨事。

——《終成眷屬》

割去腐爛的關節，

才可以保全身體上其餘各部分的完好；

要是聽其自然，

它的膿毒就要四散蔓延，

使全身陷於不可救治的地步。

——《理查二世》

# 做人總要吃些苦，

才會有舒服的日子過。

——《亨利四世》

我痛恨人們的忘恩，

比之痛恨說謊、虛榮、饒舌、酗酒，

或是其他存在於脆弱的人心中的陷入的惡德還要厲害。

——《第十二夜》

不，我的好朋友們，

不要用你們的悲哀使冷酷的命運在暗中竊笑；

我們應該用處之泰然的態度，

報復命運加於我們的凌辱。

——《安東尼與克麗奧佩特拉》

什麼地位！什麼面子！

多少愚人為了你這虛偽的外表而凜然生畏，

多少聰明人為了它而俯首貼服！

可是，不一定要長出角的才是魔鬼呢！

——《一報還一報》

一個人聽朋友的忠告，

只有幸福快活。

——《維納斯與阿都尼》

# 怒氣就像一匹烈性的馬，

如果由它的性子，
就會使它自己筋疲力盡。
——《亨利八世》

最可憐的是，

這種身敗名裂的可怕的前車之鑒，

卻不曾使後來的人知道警戒，

仍舊一個個如蟻附羶，

至死不悟，真可令人嘆息！

——《終成眷屬》

一個偉大的人物開始咆哮的時候，

就是勢窮力迫、快要墮下陷阱的預兆。

一個發怒的人，總是疏於自衛的。

——《安東尼與克麗奧佩特拉》

你們現在的行動，

都是出於一時的氣憤，

就像縱虎出柙一樣，

當你們自悔孟浪的時候，

再要把笨重的鉛塊繫在虎腳上就來不及了。

——《科利奧蘭納斯》

# 縱容瘟疫傳播，

一切治病的良藥都將歸無效……

——《亨利八世》

當理性的顧慮全然為倔強的意志所蔑棄的時候，

一切忠告都等於白說。

——《理查二世》

錯誤已經鑄成，

倘再執迷不悟地堅持下去，

那就大錯而特錯了。

——《特洛伊羅斯與克瑞西達》

知過則改永遠是不嫌遲的。

——《馴悍記》

能夠懺悔的人，

無論天上人間都可以不咎既往。

上帝的憤怒也會因為懺悔而平息的。

——《維洛那二紳士》

非常的病症是要用非常的藥餌來療治的。

——《無事生非》

# 叫狐狸看守羊欄，

豈不是糊塗透頂嗎？

——《亨利六世·中》

一個大車輪滾下山坡的時候，

你千萬不要抓住它，

免得跟它一起滾下去，

跌斷了你的頭頸；

可是你要是看見它上山去，

那麼讓它拖著你一起去吧。

——《李爾王》

制伏兩條咬人的惡犬，

最好的辦法是請牠們彼此相爭，

驕傲便是挑撥牠們搏鬥的一根肉骨。

——《特洛伊羅斯與克瑞西》

橫衝直撞只是個莽夫，

以逸待勞才算真有經驗的戰士。

——《亨利五世》

誰要是急於生起一場旺火來，

必須先用柔弱的草稈點燃。

——《凱撒大帝》

# 越是有利益的事情，

越要裝著不把這種利益放在心上。

——《波力克里斯》

你有的是一副堂堂的七尺之軀，

有的是熱情和智慧，

你卻不知道把它們好好利用，

這豈不辜負了你的七尺之軀，

辜負了你的熱情和智慧？

你的堂堂的儀表不過是一尊蠟像，

沒有一點男子漢的血氣；

你的山盟海誓都是些空虛的謊語，

殺害你所發誓珍愛的情人；

你的智慧不知道指示你的行動，

駕御你的感情，

它已經變成了愚妄的謬見，

正像裝在一個笨拙的兵士的槍膛裡的火藥，

本來是自衛的武器，

因為不懂得點燃的方法，

反而毀損了自己的肢體。

——《羅密歐與朱麗葉》

您現在已經迷失了道路，

要是您想達到您的目的地，

您必須用溫和一點的態度向人家問路……

——《科利奧蘭納斯》

# 寧可和初生的幼獅嬉戲，

不要玩弄一頭瀕死的老獅。

——《安東尼與克麗奧佩特拉》

誰要是知道君王們的一舉一動，

與其把它們泄露出來，

還是保持隱祕的好；

因為重新揭發的罪惡就像風沙一樣，

當它向田野吹散的時候，

會把灰塵吹進別人的眼裡；

這就是給那雙疼痛的眼睛的一個教訓：

使它們在風沙過去後，

明察四方，設法阻擋那傷害自己的氣流。

——《波力克里斯》

只有謙恭的言語才可以挽回形勢。

——《科利奧蘭納斯》

不要來激怒龍的逆鱗。

——《李爾王》

行為往往勝於雄辯，

愚人的眼睛是比他們的耳朵聰明得多的。

——《科利奧蘭納斯》

# 聰明人絕不袖手閒坐，

嗟嘆他們的不幸；
他們總是立刻起來，
防禦當前的禍患。

——《理查二世》

舌頭往往是敗事的禍根。
不說什麼，不做什麼，
不知道什麼，也沒有什麼，
就可以使你受用不了什麼。

——《終成眷屬》

把壞消息告訴人家，
即使誠實不虛，
也不是一件好事，
悅耳的喜訊不妨極口渲染，
不幸的噩耗還是緘口不言，
讓那身受的人自己感到的好。

——《安東尼與克麗奧佩特拉》

一個人要是看輕了自己的根本，
難免做出一些逾越逾分的事來；
枝葉脫離了枝幹，
跟著也要萎謝，
到後來只好讓人當作枯柴而付之一炬。

——《李爾王》

・宏賀斯特／兩名打扮為牧羊女的貴婦

# 避免已經起來的禍患，

比之追問它怎麼發生要安全些。

——《冬天的故事》

萬事總須權衡利害，

不能但問良心。

——《雅典的泰門》

一切美好的外表將被認為是掩飾奸惡的面具；

它不是天然生就，

而是為要欺騙婦女而套上去的。

——《辛白林》

男人的盟誓，

是婦女的陷阱！

——《辛白林》

弓已經彎好拉滿，你留心躲開箭鋒吧。

——《李爾王》

兩個人騎一匹馬，

總有一個人在後面。

——《無事生非》

# 意志是無限的，

實行起來就有許多不可能；

欲望是無窮的，行為卻必須受制於種種束縛。

——《特洛伊羅斯與克瑞西達》


造橋只要量著河身的寬度就成，

何必過分鋪張呢？

做事情也只要按照事實上的需要；

凡是能夠幫助你達到目的地，

就是你所應該採取的手段。

——《無事生非》


天空起了雲，聰明人要加衣服；

樹間落下黃葉，眼見冬令要到來，

夕陽西沉，誰不知黑夜將至？

狂風暴雨不合時季，

人們預卜年成要歉收。

——《理查三世》


一個驕傲的人，

結果總是在驕傲裡毀滅了自己。

他一味對鏡自賞，自吹自擂，

遇事只顧浮誇失實，

到頭來只是事事落空而已。

——《特洛伊羅斯與克瑞西達》

## 第三節

# 行事的風格

事情只要辦得好，

小心從事，

是不會引起我們耽心害怕的；

如果辦的是一件史無前例的事，

結果如何，

倒必須慎重考慮。

——《亨利八世》

世間的事情，

往往失之毫釐，

就會造成莫大的差異。

——《亨利四世·上》

最快的刀被濫用也會失去鋒利！

——《十四行詩》

# 凡事三思而行；

跑得太快是會滑倒的。

——《羅密歐與朱麗葉》

懺悔過去，警戒未來；

不要把肥料澆在莠草上，

使它們格外蔓延起來。

——《哈姆雷特》

過度的飽食有傷胃口，

毫無節制的放縱，

結果會使人失去了自由。

正像飢不擇食的饞鼠吞咽毒餌一樣，

人為了滿足他的天性中的欲念，

也會飲鴆止渴，

送了自己的性命。

——《一報還一報》

偷兒總是乘著黑夜行事的，

千萬留心門戶；

否則只怕夏天還沒到，

布穀鳥就在枝頭對你叫了。

——《溫莎的風流婦人》

# 留心你胸底下的冰塊，

不要讓一個傻子從這上面滑了過去，

你自己卻把它踹碎了。

——《特洛伊羅斯與克瑞西達》

故事總比大意好些。

與其時時刻刻提心吊膽，

害怕人家的暗算，

寧可爽爽快快除去一切可能的威脅。

——《李爾王》

自己加於自己的傷害是不容易治療的；

忽略了應該做的事，

往往會引起危險的後果，

這種危險就像害寒熱病一樣，

會在我們向陽閒坐的時候，

侵襲到我們的身上。

——《特洛伊羅斯與克瑞西達》

我們追趕一件東西的時候，

不可跑得太猛、太快，

跑過了頭，反而得不到。

猛火燒湯，湯湧出鍋外，

好像湯多了，其實是損耗了。

——《亨利八世》

# 與其魯莽敗事，

不如循序漸進。

——《科利奧蘭納斯》

火勢越是猛烈，

越容易頃刻燒盡；

綿綿的微雨可以落個不斷，

傾盆的陣雨一兒會就會停止；

馳驅太速的人，

很快就覺得精疲力竭；

吃得太急了，

難保食物不會哽住喉嚨；

輕浮的虛榮是一個不知厭足的饕餮者，

它在吞噬一切之後，

結果必然犧牲在自己的貪欲之下。

——《理查二世》

報復不是勇敢，

忍受才是勇敢。

——《雅典的泰門》

在卑賤的人們中間我們所稱為忍耐的，

在尊貴者的胸中就是冷血的懦怯。

——《理查二世》

# 要登上陡峭的山峰，

開始時腳步要放得慢。

——《亨利八世》

要是忍受果然是這樣勇敢的行為，

那麼，驢子也要比獅子英雄得多了；

要是忍受是一種智慧，

那麼鐵索鋃鐺的囚犯，

也比法官更聰明了。

——《雅典的泰門》

要是病症凶險，

只有投下猛藥才可見效，

謹慎反會誤了大事。

——《科利奧蘭納斯》

我們往往因為有所自恃而失之於大意，

反不如缺陷卻能對我們有益。

——《李爾王》

只要能夠得到圓滿的結果，

何必顧慮眼前的挫折。

——《終成眷屬》

# 心靈若顧慮重重，

愛苗就難於生長。

——《魯克麗絲受辱記》

太平景象最能帶來一種危險，

就是使人高枕無憂；

所以適當的疑慮還是智者的明燈，

是防患於未然的良方。

——《特洛伊羅斯與克瑞西達》

我們所要做的事，

應該一想到就做；

因為人的想法是會變化的，

有多少舌頭、多少手、多少意外，

就會有多少猶豫、多少遲延；

那時候再空談該作什麼，

只不過等於聊以自慰的長吁短嘆，

只能傷害自己的身體罷了。

——《哈姆雷特》

一個男人在需要行動的時候優柔寡斷，

沒有一點丈夫的氣概，

比一個魯莽粗野、

有男子氣概的女子更為可憎。

——《特洛伊羅斯與克瑞西達》

# 與其做愚蠢的智人，

不如做聰明的愚人。

——《第十二夜》

重重的顧慮使我們全變成了懦夫，

決心的熾熱的光彩，

被審慎的思維蓋上了一層灰色，

偉大的事業在這一種考慮之下，

也會逆流而退，

失去行動的意義。

——《哈姆雷特》

怒海不及我們頑強，

雄獅不及我們自信，

山岩不及我們堅定，

不，殘暴的死神也不及我們果決。

——《約翰王》

我們不能因為害怕有人惡意指責，

就停止我們必要的行動；

這種人就像凶惡的鯊魚，

緊緊跟隨著新裝配下海的船，

但是他們除了妄想，

卻得不到任何好處。

——《亨利八世》

# 好花盛開，

就該盡先摘，莫待美景難再，
否則一瞬間，它就要凋零萎謝落在塵埃。
——《維納斯與阿都尼》

如果我們怕人們嘲笑我們的行動，
對我們吹毛求疵，
因而站住不動，
那我們只好坐在這地方，
就在這地方扎根，
或者像一尊石像似的端坐著。
——《亨利八世》

世事的起伏本來是波浪式的，
人們要是能夠趁著高潮一往直前，
一定可以功成名就；
要是不能把握時機，
就要終身蹭蹬，一事無成。
——《凱撒大帝》

人家只會向一朵含苞未放的嬌花屈膝，
等到花殘香消，
他們就要掩鼻而過之了。
——《安東尼與克麗奧佩特拉》

・彼得・雷利／瑪麗・華頓像

# 凡是生長的東西，

不到季節，總不會成熟……
——《仲夏夜之夢》

無論什麼東西，

一到了人家手裡，

便一切都完了；

無論什麼事情，

也只有正在進行的時候興趣最為濃厚。

——《特洛伊羅斯與克瑞西達》

只要靜待時機，

總有運命轉移的一天。

——《維洛那二紳士》

萬物都各自有它生長的季節，

太早太遲同樣是過猶不及。

——《愛的徒勞》

多少事情因為逢到有利的環境，

方能夠達到盡善的境界，

博得一聲恰當的讚賞！

——《威尼斯商人》

## 星星之火，

一踩就滅，等它蔓延起來，
長江大河也澆不熄了。
—— 《亨利六世·下》

一切辦法都在我們自己，
雖然我們把它諉之天意；
注定人類運命的上天，
給我們自由發展的機會，
只有當我們自己冥頑不靈，
不能利用這種機會的時候，
我們的計劃才會遭遇挫折。
—— 《終成眷屬》

當那些意氣縱橫的勇士知難怯退的時候，
便是你們奮身博取世人稱譽的機會。
—— 《終成眷屬》

看來無論怎樣經久耐用的東西，
也總有一天失去效用的。
—— 《終成眷屬》

既得之後是命令，
未得之前是請求。
—— 《特洛伊羅斯與克瑞西達》

# 一個人要吃麵餅，

總得先等把麥子磨成了麵粉。

——《特洛伊羅斯與克瑞西達》

一個被人愛戀的女子，

要是不知道男人重視未獲得的事物，

甚於既得的事物，

她就等於一無所知；

一個女人要是以為戀愛在達到目的以後，

還是像熱情未獲滿足以前一樣的甜蜜，

那麼她一定從來不曾有過戀愛的經驗。

——《特洛伊羅斯與克瑞西達》

做賊的唯一妙訣，

是要看準下手的時刻。

——《溫莎的風流婦人》

建築在別人地面上的一座華廈，

因為看錯了地位方向，

一場辛苦完全白費。

——《溫莎的風流婦人》

會發閃光的，不全是黃金。

——《威尼斯商人》

# 我們不能憑著自己的成見，

從外表上判斷一個人的內心。

——《波力克里斯》

外觀往往和事物的本身完全不符，

世人卻容易為表面的裝飾所欺騙。

——《威尼斯商人》

魔鬼往往化裝成光明的天使引誘世人。

——《愛的徒勞》

我們的眼睛有時也像我們的判斷一般靠不住。

——《辛白林》

當暴君假意向人親密的時候，

是最應該戒懼提防的。

——《波力克里斯》

人們往往用至誠的外表和虔敬的行動，

掩飾一顆魔鬼般的內心。

——《哈姆雷特》

# 愈是表面上裝得彬彬有禮的，

他的心裡愈是藏著不可捉摸的奸詐。

——《波力克里斯》

還有一種人，

表面上儘管裝出一副鞠躬如也的樣子，

骨子裡卻為他們自己打算；

看上去好像替主人做事，

實際卻靠著主人發展自己的勢力，

等撈足了油水，

就可以知道他所尊敬的其實是他本人。

——《奧賽羅》

世上還沒有一種方法，

可以從一個人的臉上探察他的居心。

——《馬克白》

用最美妙的外表把人們的耳目欺騙；

奸詐的心必須罩上虛偽的笑臉。

——《馬克白》

狐狸要想偷吃羊羔時，

牠就絕不叫喚。

——《亨利六世·中》

# 那邪惡的事物裡頭，

也藏著美好的精華，
只要你懂得怎樣把它提煉出來。
——《亨利五世》

淌著眼淚的鱷魚，

裝出一副可憐相，

把善心的過路人騙到嘴裡；

斑斕的毒蛇，

蜷曲在花叢裡，

孩子見牠顏色鮮豔，

把牠當作好東西，

牠就冷不防螫你一口。

——《亨利六世·中》

各人的生命中都有一段歷史，

觀察他以往的行為的性質，

便可以用類似的猜測，

預斷他此後的變化，

那變化的萌芽雖然尚未顯露，

卻已經潛伏在它的胚胎中了。

——《亨利四世·下》

人們總是憑著外表妄加臆測⋯⋯

——《終成眷屬》

# 往往，我們的耳朵，

會敗壞我們的心靈。

——《魯克麗絲受辱記》

無知的群眾，

他們只知道憑著外表取人，

信賴著一雙愚妄的眼睛，

不知道窺探到內心，

就像燕子把巢築在風吹雨淋的屋外的牆壁上，

自以為可保萬全，

沒想到災禍就會接踵而至。

——《威尼斯商人》

靠著一些繁文縟禮撐撐場面的傢伙，

正是愚妄的世人所醉心的；

他們的淺薄的牙慧使傻瓜和聰明人同樣受他們的欺騙，

可是一經試驗，

他們的水泡就爆破了。

——《哈姆雷特》

國王們最不幸的事，

就是他們的身邊追隨著逢迎取媚的奴才，

把他們一時的喜怒當作了神聖的諭旨，

狐假虎威地殺戮無辜的生命。

——《約翰王》

## 刁滑的叛徒總會狡賴，

不用請詭辯家幫忙。

——《亨利六世·中》

不要相信他的盟誓，

他們不過是淫媒，

內心的顏色和服裝完全不一樣，

只曉得誘人幹一些齷齪的勾當，

正像道貌岸然大放厥辭的鴇母，

只求達到騙人的目的。

——《哈姆雷特》

在熱情燃燒的時候，

一個人無論什麼盟誓都會說出口來，

這些火焰，是光多於熱的，

剛剛說出口就會光消焰滅，

你不能把它們當作真火看待。

——《哈姆雷特》

當你不能肯定所發的誓言是否和忠信有矛盾的時候，

那麼一切誓言就要以不背棄原來的信誓為前提！

不然發誓豈不成了一椿兒戲？

——《約翰王》

# 誓言是否有效，

必須視發誓的目的而定；

不是任何的目的都可以使誓言發生力量。

——《特洛伊羅斯與克瑞西達》


高貴的天性卻可以被人誘入歧途；

所以正直的人必須和正直的人為伍，

因為誰能那樣剛強，

能夠不受誘惑呢？

——《凱撒大帝》


與其綾羅綢緞，

珠光寶影，

生活在憂愁痛苦之中，

不如出身清寒，

和貧賤人來往，

倒落個知足長樂，

而更好些。

——《亨利八世》


人們可以照著自己的意思解釋一切事物的原因，

實際卻和這些事物本身的目的完全相反。

——《凱撒大帝》

# 毛蟲和蝴蝶是大不相同的，

可是蝴蝶就是從毛蟲變化而成的。

——《科利奧蘭納斯》

群眾就像漂浮在水上的菖蒲，

隨著潮流的方向而進退，

在盲目的行動之中湮滅腐爛。

——《安東尼與克麗奧佩特拉》

·威廉·霍加斯／乞丐的歌劇

PART 4

# 人性的弱點

## 第一節

# 真與假

當別人用手段去沽名釣譽的時候，
我卻用一片忠心博得一個愚痴的聲名；
人家用奸詐在他們的銅冠上鍍了一層金，
我只有純樸的真誠，
我的王冠是敝舊而沒有虛飾的。
　　——《特洛伊羅斯與克瑞西達》


凡是我心裡想到的事情，
我總不願在沒有把它實行以前就放在嘴裡宣揚。
　　——《李爾王》


坦白直率的言語，
最容易打動悲哀的耳朵……
　　——《愛的徒勞》

# 我唯一的信賴，

是我的坦白的胸懷；
問心無愧，就能堅強。
——《亨利六世‧中》


尤其要緊的，
你必須對你自己忠實；
正像有了白晝才有黑夜一樣，
唯有對自己忠實，
才不會對別人欺詐。
——《哈姆雷特》


旅行的人絕不會說謊話，
足不出門的傻瓜才嗤笑他們。
——《暴風雨》


坦白的供認，
是最好的辯解。
——《愛的徒勞》


被收買的告密者，滾開！
你越誣告真摯的心，
越不能損害它分毫。
——《十四行詩》

# 一次背誓之後，

什麼誓都靠不住了。

——《愛的徒勞》

純樸和忠誠所呈獻的禮物，

總是可取的。

我們不必較量他們那可憐的忠誠所不能達到的成就，

而該重視他們付出的辛勤。

——《仲夏夜之夢》

只是因為我缺少像人家那樣的一雙獻媚求憐的眼睛，

一條我所認為可恥的善於逢迎的舌頭，

雖然沒有了這些使我不能再受您的寵愛，

可是唯其如此，

卻使我格外尊重我自己的人格。

——《李爾王》

與其向著錯誤的目標前進，

不如再把這目標認錯了，

也許可以從間接的途徑達到正當的大道；

欺詐可以醫治欺詐，

正像火焰可以使一個新患熱病的人渾身的熱氣冷卻。

——《約翰王》

# 忠誠

因為努力的狂妄而變成毫無價值。

——《仲夏夜之夢》

魔鬼也會引證《聖經》來替自己辯護。

一個指著神聖的名字作證的惡人，

就像一個臉帶笑容的奸徒，

又像一個外觀美好、中心腐爛的蘋果。

——《威尼斯商人》

他的前面的嘴巴在向他的朋友說著恭維的話，

他的背後的嘴巴卻在說他的壞話譏笑他。

——《暴風雨》

一個人發誓要做的假如是一件壞事，

反過來做好事就不能算是罪惡；

對一件會引起惡果的事情，

不予以履行恰恰是忠信的表現。

——《約翰王》

許多誓不一定可以表示真誠，

真心的誓只要一個就夠了。

——《終成眷屬》

## 奇怪雖然奇怪，

真實卻是真實——真理是永遠蒙蔽不了的。

——《一報還一報》

坦白質樸的忠誠，

是用不著浮文虛飾的；

可是沒有真情的人，

就像一匹尚未試步的倔強的駑馬，

表現出一副奔騰千里的姿態，

等到一受鞭策，

就會顛躓泥塗，

顯出庸劣的本相。

——《凱撒大帝》

魔鬼聽見人家說真話，

就會羞得無地自容。

一個人活在世中，

應該時時刻刻說真話羞辱魔鬼！

——《亨利四世·上》

讚美倘然從被讚美者自己的嘴裡發出，

是會減去讚美的價值的；

從敵人嘴裡發出的讚美，

那才是真正的光榮。

——《特洛伊羅斯與克瑞西達》

# 在爭論中，

正義和真理也不一定永遠能得到公平的裁判……

——《亨利八世》

價值不能憑著私心的愛憎而決定；

一方面這東西的本身必須確有可貴的地方，

另一方面它必須為估計者所重視，

這樣它的價值才能確立。

——《特洛伊羅斯與克瑞西達》

真理是會顯露出來，

殺人的凶手總會給人捉住。

——《威尼斯商人》

同一個太陽照著他的宮殿，

也不曾避過了我們的草屋；

日光是一視同仁的。

——《冬天的故事》

天氣越是晴朗空明，

越顯得浮雲的混濁。

——《理查二世》

# 一切事情為什麼會這樣，

而不是那樣，都有一個道理和緣故在內。

——《亨利五世》

一個人的臨死遺言，

就像深沉的音樂一般，

有一種自然吸引注意的力量；

到了奄奄一息的時候，

他的話絕不會白費，

因為真理往往是在痛苦呻吟中說出來的。

——《理查二世》

對自己都不信任，

還會信什麼真理？

——《魯克麗絲受辱記》

裝傻裝得好也是要靠才情的：

他必須窺伺被他所取笑的人們的心情，

了解他們的身分，

還得看準了時機；

然後像窺伺著眼前每一隻鳥雀的野鷹一樣，

每個機會都不放鬆。

這是一種和聰明人的藝術一樣艱難的工作。

——《第十二夜》

# 荒唐怪誕的謊話，

正像隻手掩不住一座大山，誰也騙不了的。

——《亨利四世·上》


傻子自以為聰明，

但聰明人知道他自己是個傻子。

——《皆大歡喜》


造物常用一層美麗的牆來圍蔽住內中的污穢。

——《第十二夜》


炫耀著雙重的豪華，

在尊貴的爵號之上添加飾美的諛辭，

把純金鍍上金箔，

替純潔的百合花塗抹粉彩，

紫羅蘭的花瓣上澆灑人工的香水，

研磨光滑的冰塊，

或是替彩虹添上一道顏色，

或是企圖用微弱的燭火增加那燦爛的太陽的光輝，

實在是浪費而可笑的多事。

——《約翰王》

・巴托洛美／聖母聖靈懷胎

# 虛偽的謊言，

怎麼可以換到真實的愛呢？

——《愛的徒勞》

> 當我們應當為一種不知名的悲懼而戰慄的時候，
>
> 我們卻用謬妄的知識作為護身符。
>
> ——《終成眷屬》

世界上有一種人，

他們的臉上裝出一副心如止水的神氣，

故意表示他們的冷靜，

好讓人家稱讚他們一聲智慧深沉，思想淵博；

他們的神氣之間，好像說，

「我的說話都是綸音天語，

我要是一張開嘴唇來，

不許有一頭狗亂叫！」——我看透這一種人，

他們只是因為不說話，

博得了智慧的名聲；

可是我可以確定說一句，

要是他們說起話來，

聽見的人，

誰都會罵他們是傻瓜的。

——《威尼斯商人》

# 有的人一生向幻影追逐，

只好在幻影裡尋求滿足。

——《威尼斯商人》

你用說謊的釣餌，

就可以把事實的真相誘上你的釣鉤；

我們有智慧、有見識的人，

往往用這種旁敲側擊的方法，

間接達到我們的目的。

——《哈姆雷特》

裝飾不過是一道把船隻

誘進凶濤險浪的怒海中去的陷人的海岸，

又像是遮掩著一個黑醜蠻女的一道美麗的面幕；

總而言之，

它是狡詐的世人用來欺誘智士的似是而非的真理。

——《威尼斯商人》

自恃能言的傻子，

正因為有了淺薄的聽眾隨聲嘩笑，

才會得意洋洋。

可笑或不可笑取決於聽者的耳朵，

而不是說者的舌頭。

——《愛的徒勞》

# 什麼盟誓眼淚，

都不過是假心的男子們的工具。

——《維洛那二紳士》

虛名是一個下賤的奴隸，

在每一座墓碑上說著謊話。

倒是在默默無言的一坏土之下，

往往埋葬著忠臣義士的骸骨。

——《終成眷屬》

他們為了不正當的理由，

總怕不能取信於人，

所以不得不用誓言來替他們圓謊。

——《凱撒大帝》

# 第二節

# 美與醜

「美」若一死，
宇宙就要再一度陷入混沌。
——《維納斯與阿都尼》

她不需要誇大的辭藻；
待沽的商品才需要讚美，
任何讚美都比不上她自身的美妙。
——《愛的徒勞》

當著整潔曼妙的美人之前，
蓬頭垢面的懶婦只是會使人胸中作嘔，
絕對沒有迷人的魅力的。
——《辛白林》

# 的確，一張標緻的面龐，

真能使人神魂顛倒，
連舌頭也不聽使喚了。
──《亨利六世·上》

你的生命是可貴的，
因為在你身上具備一切生命中值得讚美的事物，
青春、美貌、智慧、勇氣、賢德，
這些都是足以使人生幸福的；
你願意把這一切作為孤注，
那必然表示你有非凡的能耐，
否則你一定有一種異常膽大妄為的天性。
──《終成眷屬》

一個使性子的女人，
就像一池受到激動的泉水，
混沌可憎，
失去一切的美麗，
無論怎樣口乾舌燥的人，
也不願把它啜飲一口。
──《馴悍記》

美的事物不會使人破壞誓言。
──《愛的徒勞》

# 「美色」用不著如簧之舌，

只憑自身就自然而然能把眾人的眼睛說服。

——《魯克麗絲受辱記》

美貌比金銀更容易引起盜心。

——《皆大歡喜》

美貌是一服換骨的仙丹，

它會使扶杖的衰齡返老還童。

——《愛的徒勞》

從女人的眼裡我得到一個教訓：

它們永遠閃耀著智慧的神火；

它們是藝術的經典，

是知識的寶庫，

裝飾、涵養、滋養著整個世界；

沒有它們，

一切都會失去它們的美妙。

——《愛的徒勞》

你的嫵媚會變成夏娃的蘋果，

如果你的美德跟外表不配合。

——《十四行詩》

# 越是漂亮的臉蛋，

越是經不起歲月的摧殘。

——《亨利五世》


美麗可以使貞潔變成淫蕩，

未必能使美麗受它自己的感化。

——《哈姆雷特》


一個人看不見自己的美貌，

他的美貌只能反映在別人的眼裡；

眼睛，那最靈敏的感官，

也看不見它自己，

只有當自己的眼睛和別人的眼睛相遇的時候，

才可以交換彼此的形象，

因為視力不能反及自身，

除非把自己的影子映在可以被自己看見的地方。

——《特洛伊羅斯與克瑞西達》


醜事傳揚開去，

更加不可向邇，

最適當的辦法還是遮掩起來。

——《波力克里斯》

# 不美的人，

怎樣的讚美都不能使她變得好看一點的。

——《愛的徒勞》

最有趣的遊戲是看一群手腳無措的人

表演一些他們自己也不明白的玩意兒；

他們拼命賣力，

想討人家的喜歡，

結果卻在過分賣力之中失去了原來的意義；

雖然他們糟蹋了大好的材料，

他們那慌張的姿態卻很可以博人一笑。

——《愛的徒勞》


心上的瑕疵是真的垢污；

無情的人才是殘廢之徒。

善即是美；

但美麗的好惡，

是魔鬼雕就文彩的空櫝。

——《第十二夜》


極香的東西一腐爛就成極臭，

爛百合花比野草更臭得難受。

——《十四行詩》

## 第三節

# 善與惡

一件善事也正像這支蠟燭一樣，
在這罪惡的世界上發出廣大的光輝
——《威尼斯商人》

在「仁厚」和「殘暴」爭奪王業的時候，
總是那和顏悅色的「仁厚」最先把它贏到手。
——《亨利五世》

人生就像是一匹用善惡的絲絨交錯織成的布；
我們的善行必須受我們的過失的鞭撻，
才不會過分趾高氣揚；
我們的罪惡又賴我們的善行把它們掩蓋，
才不會完全絕望。
——《終成眷屬》

# 無言的純樸所表示的情感，

是最豐富的。

——《仲夏夜之夢》

一個人做了心安理得的事，

就是得到了最大的酬報。

——《威尼斯商人》

貞操是處女唯一的光榮，

名節是婦人最大的遺產。

——《終成眷屬》

一切事情都不能永遠保持良好，

因為過度的善反會摧毀它的本身，

正像一個人因充血而死去一樣。

——《哈姆雷特》

善惡的區別，

在於行為的本身，

不在於地位的有無。

——《終成眷屬》

# 慈悲

是高尚人格的真實標記。
──《泰特斯‧安德洛尼克斯》

美德的誤用會變成罪過，
罪惡有時反會造成善果。
草木和人心並沒有不同，
各自有善意和惡念爭雄；
惡的勢力倘然占了上風，
死便會蛀蝕進它的心中。
──《羅密歐與朱麗葉》

慈悲不是出於勉強，
它是像甘霖一樣從天上降下塵世；
它不但給幸福於受施的人，
也同樣給幸福於施與的人；
它有超乎一切的無上威力，
比皇冠更足以顯出一個帝王的高貴；
御杖不過象徵著俗世的威權，
使人民對於君上的尊嚴凜然生畏；
慈悲的力量卻高於權力之上，
它深藏在帝王的內心，
是一種屬於上帝的德性。
──《威尼斯商人》

# 慈悲是姑息，

過惡不可縱容。

—— 《一報還一報》

任何大人物的章飾，

無論是國王的冠冕，

攝政的寶劍、大將的權柄，

或是法官的禮服，

都比不上仁慈那樣更能襯托出他們的莊嚴高貴。

—— 《一報還一報》

卑劣的贖罪和大度的寬赦，

是兩件不同的事情；

合法的慈悲，

是不可和骯髒的徇縱同日而語的。

—— 《一報還一報》

陪著哭泣的人流淚，

多少會使他感到幾分安慰，

可是滿心的怨苦被人嘲笑，

卻是雙重的死刑。

—— 《泰特斯・安德洛尼克斯》

・楊・維梅爾／戴珍珠耳環的女孩

# 慈悲的本身可以代替法律，

誰能把愛情和慈悲分而為二？

——《愛的徒勞》

當一個少女有什麼懇求的時候，

男人應當像天神一樣慷慨；

當她長跪哀吁的時候，

無論什麼要求都應該毫不遲疑地允許她的。

——《一報還一報》

對殺人的凶手不能講慈悲，

否則就是鼓勵殺人了。

——《羅密歐與朱麗葉》

寬恕人家所不能寬恕的，

是一種高貴的行為。

——《科利奧蘭納斯》

把「寬恕」說了兩次，

並不是把寬恕分而為二，

而只會格外加強寬恕的力量。

——《理查二世》

# 狡獪的罪惡

最善於用真誠的面具遮掩它自己！

——《無事生非》

每個人都是生來就有他自己的癖好，

對這些癖好只能寬大為懷，

不能用強力來加壓制。

——《愛的徒勞》

深刻的仇恨，

會造成太深的傷痕。

——《理查二世》

狡惡的魔鬼為了引誘聖徒，

會把聖徒作他鉤上的美餌；

因為愛慕純潔的事物而驅令我們犯罪的誘惑，

才是最危險的。

——《一報還一報》

罪魔往往用神聖的外表，

引誘世人幹最惡的罪行。

——《奧賽羅》

# 罪惡是這樣充滿了疑猜，

越小心越容易流露鬼胎。

——《哈姆雷特》

人世間的顯赫光榮，

往往產生在罪惡之中，

為了身外的浮名，

犧牲自己的良心。

——《愛的徒勞》

罪惡鍍金，

公道的堅強的槍刺戳在上面也會折斷；

把它用破爛的布條裹起來，

一根侏儒的稻草就可以戳穿它。

——《李爾王》

當我們沉溺在我們的罪惡中間的時候，

聰明的天神就封住了我們的眼睛，

把我們明白的理智丟棄在我們自己的污泥裡，

使我們崇拜我們的錯誤，

看著我們一步步陷入迷途而暗笑。

——《安東尼與克麗奧佩特拉》

# 世上還有什麼東西

比那些把最高貴的人
引到了最沒落的下場的朋友們更可惡的！
——《雅典的泰門》

愚人的臉相雖然猙獰可怖，
要是與比他更惡的人相比，
就會顯得和藹可親；
不是絕頂的凶惡，
總還有幾分可取。
——《李爾王》

智慧和仁義在惡人眼中看來都是惡的；
下流的人只喜歡下流的事。
——《李爾王》

要是權力能夠轉移人的本性，
那麼世上正人君子的本來面目究竟是怎樣的。
——《一報還一報》

有錢的壞人需要沒錢的壞人幫忙的時候，
沒錢的壞人當然可以漫天討價了。
——《無事生非》

# 烏鴉

是孵不出雲雀來的。

——《泰特斯·安德洛尼克斯》

人假使做了無恥的事，

總免不了還要用加倍的無恥來抵賴。

——《冬天的故事》

「利益」這顛倒乾坤的勢力；

這世界本來是安放得好好的，

循著平穩的軌道平穩前進，

都是這「利益」，

這引人作惡的勢力，

這動搖不定的「利益」，

使它脫離了不偏不頗的正道，

迷失了它正當的方向和途徑；

就是這顛倒乾坤的勢力，

這「利益」，

這牽線的淫媒，

這掮客，

這變化無常的名詞，

矇蔽了肉眼……

——《約翰王》

# 狐狸縱然沒有咬出羊的血，

但牠生性就是羊群的敵人。

——《亨利六世·中》

高貴的天賦一旦使用不當，

思想腐化，

必然變為罪惡，

其面貌比起原來的秀麗來更醜惡十倍。

——《亨利八世》

一個魔鬼，

一個天生的魔鬼，

教養也改不過他的天性來；

在他身上我一切好心的努力都全然白費。

——《暴風雨》

凡是能夠動手幹那些比黑暗更幽暗的行為，

而不知慚愧的人，

一定會不惜採取任何的手段，

把它們竭力遮掩的。

——《波力克里斯》

# 毒藥

有時也能治病……

——《亨利四世·下》

以不義開始的事情，
必須用罪惡使它鞏固。
——《馬克白》

　　　　　　　　　　　　　　春風和煦，
　　　　　　　　　　　往往使惡草滋蔓；
　　　　　　　　　　　　　　優柔寡斷，
　　　　　　　　　　　往往使盜賊橫行。
　　　　　　　——《亨利六世·下》

驚醒一頭狼跟聞到一頭狐狸，
是同樣糟糕的事。
——《亨利四世·下》

　　　　　　　　　污穢的大地養育著人類，
　　　　　　　　　　　　也養育著禽獸。
　　　——《安東尼與克麗奧佩特拉》

# 害人終於害己，

責人者只好自責。

——《理查三世》

總有一天，
深藏的奸詐會漸漸顯出它的原形；
罪惡雖然可以掩飾一時，
免不了最後出乖露醜。

——《李爾王》

人不過是他自己的叛徒；
正像一切叛徒的行為一樣，
在達到惡的目的之前，
總要泄露出自己的本性。

——《終成眷屬》

我們為了希求自身的平安，
把別人送下墳墓裡去享受永久的平安，
可是我們的心靈卻把我們磨折得沒有一刻平靜的安息，
使我們覺得還是跟已死的人在一起，
倒要幸福得多了。

——《馬克白》

# 種下莠草，

哪能收起佳禾？

——《愛的徒勞》

要是用毀滅他人的手段，

使自己置身在充滿著疑慮的歡娛裡，

那麼還不如那些被我們所害的人，

倒落得無憂無慮。

——《馬克白》

我們往往逃不過現世的裁判；

我們樹立下血的榜樣，

教會別人殺人，

結果反而自己被人所殺；

把毒藥投入酒杯裡的人，

結果也會自己飲鴆酖而死，

這就是一絲不爽的報應。

——《馬克白》

惡毒的詛咒，

好比照在鏡子裡的陽光，

好比多裝了火藥的大炮，

有一後座力，

會回擊到你自己身上的。

——《亨利六世‧中》

# 垃圾裡

是淘不出金子來的。

——《李爾王》


什麼事情都逃不過旁觀者的冷眼；

淵深莫測的海底也可以量度得到，

潛藏在心頭的思想也會被人猜中。

——《特洛伊羅斯與克瑞西達》


不要以為自恃正義，

便可以傷害他人；

如果那是合法的，

那麼用暴力劫奪所得的財物拿去布施，

也可以說是合法的了。

——《特洛伊羅斯與克瑞西達》


魔鬼把人們造得這樣奸詐，

一定後悔無及；

比起人心的險惡，

魔鬼也要望風卻步！

——《雅典的泰門》

# 明槍好躲，暗箭難防，

任是英雄好漢，

也逃不過詭計陰謀。

——《終成眷屬》

毒藥和陰謀是罪惡的雙手，

是犯罪者遮羞的武器。

——《波力克里斯》

要是你不是永生不死的，

那麼警戒你的四周吧；

陰謀是會毀壞你的安全的。

——《凱撒大帝》

一個居心不正的壞傢伙，

當他斜著眼睛瞧人的時候，

正像一條發著嘶嘶聲音的蛇一樣靠不住。

——《特洛伊羅斯與克瑞西達》

聖賢也不能逃避讒口的中傷；

春天的草木往往還沒有吐放它們的蓓蕾，

就被蛀蟲蠹蝕；

朝露一樣晶瑩的青春，

常常會受到罡風的吹打。

——《哈姆雷特》

# 謠言是一支憑著推測、

猜疑和臆度吹響的笛子，

它是那樣容易上口。

——《亨利四世‧下》

憑著一條可怕的舌頭，

可以操縱人的生死，

把法律供自己的驅使，

是非善惡，

都由他任意判斷。

——《一報還一報》

謠言，

它的鋒刃比刀劍更銳利，

它的長舌比尼羅河中所有的毒蛇更毒，

它的呼吸駕著疾風，

向世界的每一個角落散播它惡意的誹謗；

宮廷之內、政府之中、少女和婦人的心頭，

以至於幽暗的墳墓，

都是這惡毒的謠言伸展它的勢力的所在。

——《辛白林》

最是那甘言的諂媚，

越顯出居心的奸詭。

——《波力克里斯》

# 貪欲永遠無底，

占有的已經太多，
仍渴求更多的東西。

——《魯克麗絲受辱記》

我的舌頭永遠為誹謗所駕馭，

我用每一種語言把它向世間公布，

使每個人的耳朵裡充滿著虛偽的消息。

當隱藏的敵意佯裝著安全的笑容，

在暗中傷害這世界的時候，

我卻在高談和平；

當人心惶惶的多事之秋，

大家恐懼著戰禍臨頭、

實際卻並沒有這麼一回事的時候，

除了謠言，除了我，

還有誰在那兒煽動他們招兵買馬，

設防備戰？

——《亨利四世·下》

諂媚是簸揚罪惡的風箱，

小人的口舌可以把星星之火煽成熊熊的烈焰；

正直的規諫才是君王們所應該聽取的，

因為他們同屬凡人，

不能沒有錯誤。

——《波力克里斯》

・亞倫・雷姆塞／愛德華爵士與泰納夫人

# 人們的耳朵

不能容納忠言、諂媚卻這樣容易進去！

——《雅典的泰門》

當工人們拚命想把他們的工作做得格外精緻的時候，

因為貪心不足的緣故，

反而給他們原有的技能帶來損害；

為一件過失辯解，

往往使這過失顯得格外重大，

正像用布塊縫一個小小的窟窿眼兒，

反而欲蓋彌彰一樣。

——《約翰王》

自願的貧困勝如不定的浮華；

窮奢極欲的人要是貪得無厭，

比最貧困而知足的人更要不幸得多了。

——《雅典的泰門》

一條自命不凡的惡狗如果有人拉住牠，

牠就往回掙扎著要咬人；

如果放任牠，

牠只要被熊掌一拍，

就會夾著尾巴狂吠起來。

——《亨利六世‧中》

# 野心是那麼空虛輕浮的東西，

所以，它不過是影子的影子。

——《哈姆雷特》

正義的怒火一旦燃燒起來，

最驕傲的陰謀者也逃不了他的斧鉞的嚴威。

——《泰特斯·安德洛尼克斯》

您要留心嫉妒啊，

那是一個綠眼的妖魔，

誰做了它的犧牲，

就要受它的玩弄。

——《奧賽羅》

心裡長起根深柢固的嫉妒來，

沒有一種理智的藥餌可以把它治療。

——《奧賽羅》

像空氣一樣輕的小事，

對於一個嫉妒的人，

也會變成天書一樣堅強的確證。

——《奧賽羅》

# 蠻性的嫉妒

有時也帶著幾分高貴的氣質。

——《第十二夜》

他把心事一古腦兒悶在自己肚裡，

總是守口如瓶，

不讓人家試探出來，

正像一朵初生的蓓蕾，

還沒有迎風舒展它的嫩瓣，

向太陽獻吐它的嬌豔，

就給妒嫉的蛀蟲咬囓了一樣。

——《羅密歐與朱麗葉》

妒婦的長舌，

比瘋狗的牙齒更毒。

——《錯中錯》

多疑的人，

往往不是因為有了什麼理由而嫉妒，

而是為了嫉妒而嫉妒。

那是一個憑空而來的、

自生自長的怪物。

——《奧賽羅》

# 那些把嫉妒和邪惡作為營養的人，

### 見了最好的人也敢去咬一口。

#### ——《亨利八世》

造謠生事、挑奸起火、

搬弄是非的「嫉妒」，

有時把真話傳播，

又有時把謊言散布。

——《維納斯與阿都尼》

猜疑有一條多麼敏捷的舌頭！

誰只要一擔心到他所不願意知道的事情，

就會本能地從別人的眼睛裡——

知道他所憂慮的已經實現。

——《亨利四世·下》

現在還是春天，

惡草的根兒還長得不深，

如果不趁早鋤掉，

它就會滋蔓起來，

長得遍地皆是，

把香花都給擠死了。

——《亨利六世·中》

# 最有意味的戲謔是以謔攻謔，

讓那存心侮弄的自取其辱。

——《愛的徒勞》

罪惡的行為，

要是姑息縱容，

不加懲罰，

那就是無形的默許，

既然准許他們這樣做了，

現在再重新責罰他們，

那就是暴政了。

——《一報還一報》

一個心地不純正的人，

即使有幾分好處，

人家在稱讚他的時候，

總不免帶著幾分惋惜；

因為那樣的好處也就等於是邪惡的幫手。

——《終成眷屬》

用暴力攫取的威權必須用暴力維持；

站在易於滑跌的地面上的人，

不惜抓住一根枯朽的爛木支持他的平穩。

——《約翰王》

# 姑息的結果，

只是放縱了罪惡。

——《雅典的泰門》

在一場大病痊癒以前，

就在開始復元的時候，

那症狀是最凶險的；

災禍臨去之時，

它的毒焰也最為可怕。

——《約翰王》

你們都是明目張膽的作賊，

並不蒙著莊嚴神聖的假面具；

那些道貌岸然的正人君子，

才是最可怕的鑽漏洞的大盜呢！

——《雅典的泰門》

# 第四節

# 悲與歡

雖然住在氣候宜人的地方，
也免不了受蚊蠅的滋擾，
雖然享受著盛大的歡樂，
也免不了受煩惱的纏繞。
——《奧賽羅》

人是誰都免不了有心裡不痛快的時候的。
——《凱撒大帝》

人如果把每一種臨到他身上的憂愁都容納進他的心裡，
那他可就大大的……大大的把身子傷了。
——《暴風雨》

## 強作歡娛的憂傷，

是和樂極生悲同樣使人難堪的。

——《特洛伊羅斯與克瑞西達》

美貌最怕憂傷來損害。

——《暴風雨》

一個苦惱到極點的人，

假使還有辦法對付那暴君的狂怒，

挫敗他的驕傲的意志，

那麼他多少還有一點可以自慰。

——《李爾王》

憂思分割著時季，

擾亂著安息，

把夜間變為早晨，

把晝午變為黑夜。

——《理查三世》

我自己已經有太多的憂愁重壓在我的心頭，

你對我表示的同情，

徒然使我在太多的憂愁之上再加上一重憂愁。

——《羅密歐與朱麗葉》

# 苦難雖已疲憊，

它卻很少睡眠；
不寐的人們曉得時間爬行得多慢。
——《魯克麗絲受辱記》

舊恨會顯得溫順，
新愁卻迴然不同；
時間調順了舊的；
新的卻暴戾強橫，
像個不善游泳者，
冒失地躍入水中，
只因他工夫欠缺，
拼命游仍然滅頂。
——《魯克麗絲受辱記》

女人的憂愁總是像她的愛一樣，
不是太少，
就是超過分量。
——《哈姆雷特》

昇平富足的盛世，
徒然養成一批懦夫，
困苦永遠是堅強之母。
——《辛白林》

# 一個人在困苦之中，

是會揶揄自己的。

——《理查二世》

我沒有學者的憂愁，

那是好勝；

也沒有音樂家的憂愁，

那是幻想；

也沒有侍臣的憂愁，

那是狡猾；

也沒有女人的憂愁，

那是挑剔；

也沒有情人的憂愁，

那是集上面一切之大成；

我的憂愁全然是我獨有的，

它是由各種成分組成的，

是從許多事物中提煉出來的，

是我旅行中所得到的各種觀感，

因為不斷沉思，

終於把我籠罩在一種十分古怪的悲哀之中。

——《皆大歡喜》

適當的悲哀可以表示感情的深切，

過度的傷心卻可以證明智慧的欠缺。

——《羅密歐與朱麗葉》

# 困苦可以使臉色慘淡，

### 卻未必能改變心腸。

#### ——《冬天的故事》

安慰是在天上，
我們都是地上的人，
除了憂愁、困苦和悲哀之外，
這世間再沒有其他的事物存在。
　——《理查二世》

小狗對你齜牙，
你可以不加理會，
但聽到獅子吼叫，
就是大人物也要膽戰心驚。
——《亨利六世・中》

適度的悲傷是對於死者應有的情分；
過分的哀戚是摧殘生命的仇敵。
　——《終成眷屬》

如果人們不對悲傷屈服，
過度的悲傷不久就會自己告終的。
——《終成眷屬》

· 喬治·隆尼／漢彌頓·愛瑪像

# 在悲哀裡

度過的時間似乎是格外長的。

——《羅密歐與朱麗葉》

沒有一種悲哀
比之你真心的愛人死去那時候更使你心碎了。

——《維洛那二紳士》

已經過去而無能為力的事，
悲傷也是沒有用的。

——《冬天的故事》

悲哀在他心上刻下的傷痕，
比戰士盾牌上的劍痕更多……

——《泰特斯·安德洛尼克斯》

真摯的悲痛，
好比任性的頑童，
他一旦鬧了彆扭，
什麼都不肯應允。

——《魯克麗絲受辱記》

# 重大的悲哀，

是會解除輕微的不幸的……

——《辛白林》

把仇恨作為磨快你的劍鋒的礪石，
讓哀痛變成憤怒。

——《馬克白》

望見了海岸才溺死，
是死得雙倍淒慘；
見有食物卻挨餓，
會餓得十倍焦煩；
看到了敷傷的膏藥，
傷口更疼痛不堪；
能寬慰悲哀的事物，
使悲哀升到頂點；
深沉的痛苦像潮水，
滾滾地奔流向前；
它若是遭到遏止，
就溢出攔截的堤岸：
悲哀一旦被輕忽，
就無視法度和規範。

——《魯克麗絲受辱記》

# 離別了歡樂，

剩下的只有悲哀。

——《理查二世》

當我們向悲哀求婚的時候，

我們應該越快越好，

因為和它結婚以後，

我們將要忍受長期的痛苦。

——《理查二世》

誰要是能夠把悲哀一笑置之，

悲哀也會減弱它的咬人的力量。

——《理查二世》

當悲哀的利齒只管咬人，

卻不能挖出傷疤時，

傷口的腐爛疼痛最難忍受。

——《理查二世》

越是缺少擔負悲哀的勇氣，

悲哀壓在心頭越是沉重。

——《理查二世》

# 悲傷使人心軟，

### 使人膽怯而喪氣。

#### ——《亨利六世·中》

對於歡樂中的人們，

六年是一段短促的時間；

可是悲哀使人度日如年。

——《理查二世》

固執不變的哀傷，

卻是一種逆天悖理的愚行，

不是堂堂男子所應有的舉動；

它表現出一個不肯安於天命的意志，

一個經不起艱難痛苦的心，

一個缺少忍耐的頭腦和一個簡單愚昧的理性。

——《哈姆雷特》

悲哀落在地上，

還會重新跳起，

不是因為它的空虛，

而是因為它的重量。

——《理查二世》

# 我們現在這一切悲哀痛苦，

到將來便是握手談心的資料。

——《羅密歐與朱麗葉》

我的淚水比夏天的雨水更多，

夏雨可以滋養禾苗，

我的淚水只能傾瀉我的悲傷。

——《亨利六世・中》

每一個悲哀的本體都有二十個影子，

它們的形狀和悲哀本身一樣，

但它們並沒有實際的存在；

因為鍍著一層淚液的愁人之眼，

往往會把一件整個的東西化成無數的形象。

就像凹凸鏡一般，

從正面望去，

只見一片模糊，

從側面觀看，

卻可以辨別形狀。

——《理查二世》

劇烈的痛苦在長時間的延續之中，

可以使人失去痛苦的感覺。

——《約翰王》

# 悲哀的眼中的虛偽的影子，

它往往把想像誤為真實而浪擲它的眼淚。

——《理查二世》

深深海峽的喧聲，

比淺淺小河的微弱，

言語的風兒一吹動，

悲哀的潮水就退落。

——《魯克麗絲受辱記》

想到自己的苦難別人也曾熬受過，

雖不能治癒痛楚，

卻使它稍稍緩和。

——《魯克麗絲受辱記》

死的慘痛大部分是心理上造成的恐怖，

被我們踐踏的一隻無知的甲蟲，

牠的肉體上的痛苦，

和在臨死時所感到的並無異樣。

——《一報還一報》

眼淚雖然可以表示善意的同情，

卻不能挽回已成的事實。

——《理查二世》

・維傑・勒伯安／瑪莉及子女

# 分離即便是一副苦藥，

為了醫治痼疾，
也不能不使用它。

——《亨利六世・中》


人們對於自己並沒感覺到的痛苦，

是會用空洞的話來勸告慰藉的，

可是他們要是自己嘗到了這種痛苦的滋味，

他們的理性就會讓感情來主宰了，

他們就會覺得他們給人家服用的藥餌，

對自己也不會發生效力；

極度的瘋狂，

是不能用一根絲線把它拴住的，

就像空話不能止痛一樣。

誰都會勸一個在悲哀的重壓下輾轉呻吟的人安心忍耐，

可是誰也沒有那樣的修養和勇氣，

能夠叫自己忍受同樣的痛苦。

——《無事生非》


我只是個血肉之軀的凡人；

就是那些寫慣洋洋灑灑的大文的哲學家們，

儘管他們像天上的神明一樣，

蔑視著人生的災難痛苦，

一旦他們的牙齒痛起來，

也是會忍受不住的。

——《無事生非》

# 你倘若只顧懷念過去，

同時又無法擺脫目前的處境，
你的苦難將更加難以忍受。
——《理查三世》

一個人既然找不到感情的消遣，

他自然要悶悶不樂，

心煩意懶，百病叢生了。

——《錯中錯》

眼見希望幻滅，

惡運臨頭，

無可挽回，

何必滿腹牢愁？

為了既成的災禍而痛苦，

徒然招惹出更多的災禍。

既不能和命運爭強鬥勝，

還是付之一笑，

安心耐忍。

聰明人遭盜竊毫不介意；

痛哭流涕反而傷害自己。

——《奧賽羅》

生離比死別更是百倍地叫人難受啊！

——《亨利六世・中》

# 倘有了同病相憐的伴侶，

天大的痛苦也會解去一半。

——《李爾王》

我的耳朵早被謊話所刺傷，

任何的打擊都不能使它感到更大的痛苦，

也沒有哪一根醫生的探針，

可以探測我的傷口有多麼深。

——《辛白林》

辭令原是消除苦痛的辯護人，

他們極吹噓之能事，

聊以自慰，

可惜好景不常，

枉留得悲恨的餘音在空中顫動！

——《理查三世》

一個人要是身染重病，

他就不會感覺到小小的痛楚。

你見了一頭熊就要轉身逃走；

可是假如你的背後是洶湧的大海，

你就只好硬著頭皮向那頭熊迎面走去了。

——《李爾王》

## 因為快樂而哭泣，

比之看見別人哭泣而快樂，
總要好得多啦！
——《無事生非》

我對自己的痛苦還有些惝恍迷離，

正如一個過飽的人，

一時還不能體驗饑餓的滋味。

——《亨利六世·中》

靜默是表示快樂的最好的方法；

要是我能夠說出我的心裡多麼快樂，

那麼我的快樂只是有限度的。

——《無事生非》

與快活的伙伴為伍，

憂鬱的靈魂活不成；

置身於悲哀的團體中，

悲哀最感到高興：

真摯的苦痛得到了同病相憐的同情，

於是乎心滿意足，

於是乎感激涕零。

——《魯克麗絲受辱記》

PART 5

# 人性的優點

## 第一節

# 名　譽

我的榮譽就是我的生命，

取去我的榮譽，

我的生命也就不再存在。

我借著榮譽而生，也願為榮譽而死。

　　——《理查二世》


最好的光榮應該來自我們自己的行動，

而不是倚恃家門。

——《終成眷屬》


讓危險布滿在自東至西的路上，

榮譽卻從北至南與之交錯，

讓它們相互搏鬥；

啊！激怒一頭雄獅比追趕一隻野兔更使人熱血沸騰。

　　——《亨利四世‧上》

# 在戰爭中間，

榮譽和權謀就像親密的朋友一樣不可分離。

——《科利奧蘭納斯》

無論男人女人，

名譽是他們靈魂裡面最切身的珍寶。

誰偷竊我的錢囊，

不過偷竊到一些廢物，

一些虛無的東西，

它只是從我的手裡轉到他人的手裡，

而它也曾做過千萬人的奴隸；

可是誰偷了我的名譽去，

那麼他雖然並不因此而富足，

我卻因為失去它而成為赤貧了。

——《奧賽羅》

讓眾人所追求的名譽永遠記錄在我們的墓碑上，

使我們在死亡的恥辱中獲得不朽的光榮；

不管饕餮的時間怎樣吞噬著一切，

我們要在這一息尚存的時候，

努力博取我們的名譽，

使時間的鐮刀不能傷害我們；

我們的生命可以終了，

我們的名譽卻要永垂萬古。

——《愛的徒勞》

# 生命是每個人所重視的；

可是高貴的人重視榮譽遠過於生命。

——《特洛伊羅斯與克瑞西達》

當我估量到了生命中所有的憂愁的時候，
我就覺得生命是不值得留戀的；
可是名譽是我所要傳給我的後人的，
它是我唯一關心的事物。

——《冬天的故事》

無瑕的名譽是世間最純粹的珍寶；
失去了名譽，
人類不過是一些鍍金的糞土，
染色的泥塊。

——《理查二世》

我寧願失去這脆弱易碎的生命，
卻不能容忍你從我手裡贏得了不可一世的聲名；
它傷害我的思想，
甚於你的劍傷害我的肉體。

——《亨利四世・上》

# 太愛人讚美的話，

連美也會變成庸俗。

——《十四行詩》

人的地位越顯赫，

行為越惹人注意——

或使他受到尊敬，

或給他招來怨隙；

最大的恥辱總是伴著最高的等級。

——《魯克麗絲受辱記》

塗上釉彩的寶石容易失去光潤，

最好的黃金經不起人手的摩損，

儘管他是名譽良好的端人正士，

一朝墮落了也照樣會不知羞恥。

——《錯中錯》

諾言是最有禮貌、最合時尚的事，

實行就像一種遺囑，

證明本人的理智已經害著極大的重症。

——《雅典的泰門》

# 在群眾的好感上建立自己的地位，

那基礎是易於動搖而不能鞏固的。

——《亨利四世·下》

對於叛逆的人，

人家是像對待狐狸一般不能加以信任的，

無論它怎樣馴良，

怎樣習於豢養，

怎樣關鎖在籠子裡，

總不免存留著幾分祖傳的野性。

我們臉上無論流露著悲哀的或是快樂的神情，

都會被人家所曲解；

我們將要像豢養在棚裡的牛一樣，

越是餵得肥胖，

越是接近死亡。

——《亨利四世·上》

一件功勞要是沒沒無聞，

可以消沉了以後再做一千件的興致；

褒貶便是我們的報酬。

一回的鞭策還不曾使馬兒走過一畝地，

溫柔的一吻早已使牠馳過百里。

——《冬天的故事》

# 我已經厭倦於我所矜持的尊嚴，

正像一篇大好的文章一樣，
在久讀之後，也會使人掩耳。
──《一報還一報》

王公貴人無非把稱號頭銜當做尊榮，
以浮面的聲譽換取滿心的苦惱；
為了虛無縹緲的感受他們往往親嘗無限煩愁：
原來在他們的尊號和一些賤名之間，
只湧現著浮華虛榮，
哪裡找得出一條明白的分界線。
──《理查三世》

光榮如同水面上的水花一樣，
從一個小圓圈變成一個大圓圈，
不停地擴大，
直到無可再大，
終歸於消滅。
──《亨利六世・上》

人生的榮華不過是一場瘋狂的胡鬧，
正像這種奢侈的景象在一個嚼著菜根的人看來一樣。
我們尋歡作樂，
全然是傻子的行為。
──《雅典的泰門》

# 名譽是一件無聊騙人的東西；

得到它的人未必有什麼功德，
失去它的人也未必有什麼過失。

——《奧賽羅》

誰願意享受片刻的榮華，

徒作他人的笑柄？

誰願意在榮華的夢裡，

相信那些虛偽的友誼？

誰還會貪戀那些和趨炎附勢的朋友

同樣不可靠的尊榮豪貴。

——《雅典的泰門》

皇上就跟我一樣，

也是一個人罷了。

一朵紫羅蘭花朵他聞起來，

跟我聞起來還不是一樣；

他頭上和我頭上合頂著一片天；

他也不過用眼睛來看、耳朵來聽啊。

把一切榮銜丟開，

還他一個赤裸裸的本相，

那麼他只是一個人罷了；

雖說他的心思寄托在比我們高出一層的事物上，

可是好比一隻在雲霄裏飛翔的老鷹，

他有時也不免降落下來，

棲息在枝頭或地面上。

——《亨利五世》

・托瑪斯・勞斯／詹姆斯夫人像

# 爬得越高，跌得越重，

即使幸免隕落，
那如履薄冰的惴懼，
也就夠人受了。
——《辛白林》

威權就像是一尊天神，
使我們在犯了過失之後必須受到重罰；
它的命令是天上的綸音，
不臨到誰自然最好，
臨到誰的身上就沒法反抗。
——《一報還一報》

權力的本身雖可稱道，
可是當它高踞寶座的時候，
已經埋下它葬身的基礎了。
一個火焰驅走另一個火焰，
一枚釘子打掉另一枚釘子；
權利因權利而轉移，
強力被強力所征服。
——《科利奧蘭納斯》

高居於為眾所仰望的地位而毫無作為，
正像眼眶裡沒有眼珠，
只留下兩個怪可憐的空洞的凹孔一樣。
——《安東尼與克麗奧佩特拉》

## 第二節

# 奮鬥與希望

一棵質地堅硬的橡樹，

即便用一柄小斧去砍，

那斧子雖小，

但如砍個不停，

最終必會把它砍倒。

——《亨利六世·下》

上帝將聰明給與聰明人；

至於傻子們呢，

那只好靠他們的本事了。

——《第十二夜》

每一個被束縛的奴隸，

都可以憑著他自己的手掙脫他的鎖鏈。

——《凱撒大帝》

# 本來無望的事，

大膽嘗試，往往能成功。

——《維納斯與阿都尼》

只有繼續不斷的前進，

才可以使榮名永垂不替；

如果一旦罷手，

就會像一套久遭擱置的生銹的鎧甲，

誰也不記得它的往日的勳勞，

徒然讓它的不合時宜的式樣，

留作世人揶揄的資料。

不要放棄眼前的捷徑，

光榮的路是狹窄的，

一個人只能前進，

不能後退；

所以你應該繼續在這一條狹窄的路上邁步前進，

因為無數競爭的人都在你的背後，

一個緊隨著一個；

要是你略事退讓，

或者閃在路旁，

他們就會像洶湧的怒潮一樣直衝過來，

把你遺棄在最後；

又像一匹落伍的駿馬，

倒在地上，

下駟的劣馬都可以追在牠的前面，

從牠的身上踐踏過去。

——《特洛伊羅斯與克瑞西達》

# 遇到逆風逆水，

要想抗拒是無濟於事的。

——《亨利六世·下》

膽小鬼到了無路可逃的時候也能打一仗；

鴿子被抓在老鷹的利爪之下的時候也能反啄幾下；

被捉的強盜反正沒有活命，

就會對捕盜巡官破口大罵起來。

——《亨利六世·下》

活動的東西是比停滯不動的東西，

更容易引人注目的。

——《特洛伊羅斯與克瑞西達》

一個人的經驗是要在刻苦中得到的，

也只有歲月的磨鍊才能夠使它成熟。

——《維洛那二紳士》

無論銅牆石塔，

密不透風的牢獄或是堅不可摧的鎖鏈，

都不能拘囚堅強的心靈；

生命在厭倦於這些塵世的束縛以後，

絕不會缺少解脫它自身的力量。

——《凱撒大帝》

## 美食珍饈可以充實肌膚，

卻會閉塞心竅。

——《愛的徒勞》

萬事吉凶成敗，須看後場結局；

倘能如願以償，何患路途紆曲。

——《終成眷屬》

在生命的長途上，

火炬既然已經熄滅，

還是靜靜地躺下來，

不要深入迷途了。

一切的辛勤徒然毀壞了自己所成就的事業；

縱然有蓋世的威力，

免不了英雄末路的悲哀。

——《安東尼與克麗奧佩特拉》

一頭蟄居山洞、久不覓食的獅子，

牠的爪牙會全然失去了鋒利。

——《一報還一報》

希望中的快樂是不下於實際享受的快樂的。

——《理查二世》

# 順水行舟快，

逆風打槳遲。

——《馴悍記》

賣去了自己的田地去看別人的田地；

看見的這麼多，

自己卻一無所有；

眼睛是看飽了，

兩手卻是空空的。

——《皆大歡喜》

儘管地位如何懸殊，

惺惺相憐的人，

造物總會使他們集合在一起。

只有那些斤斤計較、害怕麻煩、

認為好夢已成過去的人，

他們的希冀才永無實現的可能。

——《終成眷屬》

一個最困苦、最微賤、最為命運所屈辱的人，

可以永遠抱著希冀而無所恐懼；

從最高的地位上跌下來，

那變化是可悲的，對於窮困的人，

命運的轉機卻能使他歡笑！

——《李爾王》

# 世間的任何事物，

追求時候的興致總要比享用時候的興致濃烈。

—— 《威尼斯商人》

希望，是不幸者的唯一藥餌。

—— 《一報還一報》

最不幸的是那抱著強大的希望而不能達到心願的人；
那些雖然貧苦、卻有充分的自由，
實現他們誠實意志的人們是有福的。

—— 《辛白林》

創造世界的神，
往往借助於最微弱者之手，
以最有把握的希望，
往往結果終於失敗；
最少希望的事情，
反會使人意外地成功。

—— 《終成眷屬》

當死神將要溫柔地替人解除生命的羈絆的時候，
虛偽的希望卻拉住他的手，
使人在困苦之中苟延殘喘。

—— 《理查二世》

# 最大的無聊，

則是為了無聊費盡辛勞。

——《愛的徒勞》

賭鬼手裡的骰子，

學士手裡的書本，

奪也奪不下來的。

——《溫莎的風流婦人》

人世間的事就是這樣。

一個人今天生出了希望的嫩葉，

第二天開了花，

身上開滿了紅豔豔的榮譽的花朵，

第三天致命的霜凍來，

而這位蒙在鼓裡的好人還滿有把握，

以為他的宏偉事業正在成熟呢，

想不到霜凍正在咬嚙他的根，

接著他就倒下了……

——《亨利八世》

雖然在太陽光底下，

各種草木都欣欣向榮，

可是最先開花的果子總是最先成熟。

——《奧賽羅》

## 第三節

# 時　間

時間是審判一切罪人的老法官……
　　——《皆大歡喜》


上天是公正的，
時間會給壞人壞事得到報應。
　　——《亨利六世・下》


美德是隨著時間而變更價值的。
　　——《科利奧蘭納斯》


雖然紫菀草越被人賤踏越長得快，
可是青春越是浪費，
越容易消失。
　　——《亨利四世・上》

# 時間倘不照顧人，

就會摧毀人的。

——《特洛伊羅斯與克瑞西達》

不要讓德行追索它舊日的酬報，

因為美貌、智慧、門第、體力、

功業、愛情、友誼、慈善，

這些都要受到無情的時間的侵蝕。

——《特洛伊羅斯與克瑞西達》

時間老人的背上負著一個龐大的布袋，

那裡面裝滿著被寡恩負義的世人所遺忘的豐功偉業；

那些已成過去的美跡，

一轉眼間就會在人們的記憶裡消失。

——《特洛伊羅斯與克瑞西達》

時間是世人的君王，

他是他們的父母，

也是他們的墳墓；

他所給與世人的，

只憑著自己的意志，

而不是按照他們的要求。

——《波力克里斯》

# 時間的威力在於：

結束帝王們的爭戰，
把真理帶到陽光下，
把虛假的謊言揭穿。
——《魯克麗絲受辱記》

沒有什麼能抵擋得住時光的毒手。
——《十四行詩》

時間正像一個趨炎附勢的主人，
對於一個臨去的客人不過和他略微握一握手，
對於一個新來的客人，
卻伸開了兩臂，
飛也似地過去抱住他。
歡迎是永遠含笑的，
告別是帶著嘆息。
——《特洛伊羅斯與克瑞西達》

一時的憎嫌，
往往引起過後的追悔；
眼前的歡娛冷淡下來，
便會變成悲哀；
喜怒愛惡，
都只在一念之間。
——《安東尼與克麗奧佩特拉》

・大衛・佛烈德利赫／雲海漫遊者

# 思想是生命的奴隸，

生命是時間的弄臣。

——《亨利四世‧上》

若是知道一個人的壽命有多長，

就該把一生的歲月好好安排一下；

多少時間用於畜牧，

多少時間用於休息，

多少時間用於沉思，

多少時間用於嬉樂。

——《亨利六世‧下》

對於心緒煩亂的人們，

她會像地獄中的長夜一樣逗留不去；

對於歡會的戀人們，

她就駕著比思想還快的翅膀迅速飛走。

——《特洛伊羅斯與克瑞西達》

對於一個訂了婚還沒有成禮的姑娘，

時間是跨著細步有氣無力地走著的；

即使這中間只有一星期，

也似乎有七年那樣難過。

——《皆大歡喜》

# 時間的無聲的腳步，

往往不等我完成最緊急的事務就溜過去了。

——《終成眷屬》

在愛情沒有完成它的一切儀式以前，

時間總是走得像一個扶著拐杖的跛子一樣慢。

——《無事生非》

無數的人事變化，

都孕育在時間的胚胎中，

我們等著瞧吧！

——《奧塞羅》

# 法　律

溺愛兒女的父親倘使把藤鞭束置不用，

僅僅讓它作為嚇人的東西，

到後來它就會被孩子們所藐視，

不會再對它生畏。

我們的法律也是一樣，

因為從不施行的緣故，

變成了毫無效力的東西，

膽大妄為的人，

可以把它恣意玩弄；

正像嬰孩毆打他的保姆一樣，

法紀完全蕩然掃地了。

——《一報還一報》

當法律不能主持正義的時候，

至少應該讓被害者有傾吐不平的合法權利。

——《約翰王》

# 法律雖然暫時昏睡，
## 但它並沒有死去。
—— 《一報還一報》

我們不能把法律當作嚇鳥用的稻草人，

讓它安然不動地矗立在那邊，

鳥兒們見慣以後，

會在它頂上棲息而不再對它害怕。

—— 《一報還一報》

要是第一個犯法的人受到了處分，

那麼許多人也就不敢為非作惡了。

—— 《一報還一報》

法律是公正的，

可是太殘酷了。

—— 《一報還一報》

我們的刀鋒雖然要銳利，

操刀的時候卻不可大意，

略傷皮肉就夠了，

何必一定要致人於死命。

—— 《一報還一報》

# 法律不外人情，

只有暴君酷吏才會借著法律的威嚴肆其荼毒。

——《雅典的泰門》

法律所追究的只是公開的事實，

審判盜賊的人自己是不是盜賊，

卻是法律所不問的。

我們俯身下去拾起掉在地上的珠寶，

因為我們的眼睛看見它；

可是我們沒看見的，

就毫不介意而踐踏過去。

——《一報還一報》

也有犯罪的人飛黃騰達，

也有正直的人負冤含屈；

十惡不赦的也許逍遙法外，

一時失足的反而鐵案難逃。

——《一報還一報》

法官要是自己有罪，

那麼為了同病相憐的緣故，

犯罪的人當然可以逍遙法外。

——《一報還一報》

# 在叛亂的時候，

一切不合理的事實都可以武斷地成為法律。

——《科利奧蘭納斯》

真是一個殺風景的世界！

咱們放風月債的倒夠了楣，

他們放金錢債的，

法律卻讓他穿起皮袍子來，

怕他著了涼；

那皮袍子是外面狐皮裡面羊皮，

因為狡猾的狐狸比善良的綿羊值錢，

這世界到處是好人吃苦，

壞人出頭！

——《一報還一報》

法官有一種惡魔樣的慈悲，

你要是懇求他，

他可以放你活命，

可是你將終身披戴鐐銬直到死去。

——《一報還一報》

智慧越是遮掩，

越是明亮，

正像你的美貌因為蒙上黑紗而十倍動人。

——《一報還一報》

PART 6

# 智慧之花

# 智慧與學問

人類是控制陸地和海洋的主人，
天賦的智慧勝過一切走獸飛禽。
——《錯中錯》

智慧和命運互相衝突的時候，
要是智慧有膽量貫徹它的主張，
就沒有意外的機會可以搖動它了。
——《安東尼與克麗奧佩特拉》

一個本領超群的人，
必須在一群勁敵之前，
方才能夠顯出他的不同凡俗的身手。
——《波力克里斯》

# 有勇無謀，

結果一定失敗。

——《安東尼與克麗奧佩特拉》

只有愚人才會拒絕智慧的良言。

——《波力克里斯》

凡是日月所照臨的所在，

在一個智慧的人看來都是安身的樂土。

——《理查二世》

智謀出於急難，

巧計生於臨危。

——《維納斯與阿都尼》

一個人有了才華智慧，

必須使它產生有益的結果；

造物者是一個工於算計的女神，

她所給與世人的每一分才智，

都要受賜的人知恩感激，加倍報答。

——《一報還一報》

・約翰・艾佛列特／愛瑪・莫蘭德像

# 實際的人生經驗，

才能教給了他這麼些高深的理論。

——《亨利五世》

當我們仰望著天上的太陽時，

無論我們自己的眼睛多麼明亮，

也會在耀目的金光下失去它本來的光彩；

您自己因為有了浩如煙海的才華，

所以在您看來，

當然聰明也會變成愚蠢，

富有也會變成貧乏啦！

——《愛的徒勞》

假如用一扇門把一個女人的才情關起來，

它會從窗子裡鑽出來的；

關了窗，

它會從鑰匙孔裡鑽出來的；

塞住了鑰匙孔，

它會跟著一道煙從煙囪裡飛出來的。

——《皆大歡喜》

釣魚最有趣的時候，

就是瞧那魚兒用她的金槳撥開銀浪，

貪饞地吞那陷入的美餌。

——《無事生非》

# 傻瓜的愚蠢，

往往是聰明人的礪石。

——《皆大歡喜》

人家說，最好的好人，

都是犯過錯誤的過來人；

一個人往往因為有一點小小的缺點，

將來會變得更好。

——《一報還一報》

一個人吃飽了太多的甜食，

能使胸胃中發出強烈的厭惡，

改信正教的人最是痛心疾首於以往欺騙他的異端邪說。

——《仲夏夜之夢》

要是你們在戰爭中間，

為了達到你們的目的起見，

不妨採用權謀，

示人以詐，

而這樣的行為對於榮譽並無損害，

那麼在和平的時候，

萬一也像戰時一樣需要權謀，

為什麼它就不能和榮譽並行不悖呢？

——《科利奧蘭納斯》

# 傻瓜們自恃聰明，

免不了被聰明誤了前程。

——《威尼斯商人》

他的乖僻對於他的智慧是一種調味品，

使人們在咀嚼他的言語的時候，

可以感到一種深長的滋味。

——《凱撒大帝》

他接受學問的薰陶，

就像我們呼吸空氣一樣，

俯仰之間，

皆成心得，

在他生命的青春，

已經得到了豐富的收穫。

……對於少年人，

他是一個良好的模範；

對於涉世已深之輩，

他是一面可資取法的明鏡；

對於老成之士，

他是一個後生可畏的小子。

——《辛白林》

# 越是本領超人一等，

越是口口聲聲不滿意自己的才能。

——《無事生非》

讀書人總是這樣捨近而求遠，

當他一心研究著怎樣可以達到他的志願的時候，

卻把眼前所應該做的事情忘了；

等到志願成就，

正像用火攻奪城市一樣，

得到的只是一堆灰燼。

——《愛的徒勞》

簡潔是智慧的靈魂，

冗長是膚淺的藻飾。

——《哈姆雷特》

誰要是知道用最有力而最可靠的手段，

取得他所需要的事物，

他就有充分享受它的權利。

——《理查二世》

似乎不會發生的事，

也不一定是不可能。

——《一報還一報》

# 叫化子的學問，

比貴族的血統還值錢呢！

——《亨利八世》

學問是我們隨身的財產，

我們自己在什麼地方，

我們的學問也跟著我們在一起。

——《愛的徒勞》

一個不容易發生嫉妒的人，

可是一旦被人煽動以後，

就會糊塗到極點。

——《奧賽羅》

要是讀書果然有這樣的用處，

能夠知道目前還不知道的東西，

你盡可以命我發誓，

我一定踴躍從命，

絕無二言。

——《愛的徒勞》

一個人思慮太多，

就會失卻做人的樂趣。

——《威尼斯商人》

# 學問

不過是一堆被魔鬼看守著的黃金……

——《亨利四世·下》

學問就像是高懸中天的日輪，

愚妄的肉眼不能測度它的高深，

孜孜矻矻的腐儒白首窮年，

還不是從前人書本裡掇拾些片爪寸鱗？

那些自命不凡的文人學士，

替每一顆星球取下一個名字；

可是在眾星吐輝的夜裡，

燦爛的星光一樣會照射到無知的俗子。

過分的博學無非浪博虛聲；

每一個教父都會替孩子命名。

——《愛的徒勞》


一個人長得漂亮是偶然的運氣，

會寫字念書才是天生的本領。

——《無事生非》


學問必須合乎自己的興趣，

方才可以得益。

——《馴悍記》

# 思想與理智

世上的事情本來沒有善惡，
都是各人的思想把它們分別出來的。
——《哈姆雷特》

我的頭腦是我的心靈的妻子，
我的心靈是我的思想的父親；
它們兩個產下了一代生生不息的思想，
這些思想充斥在這小小的世界之上，
正像世上的人們互相傾軋，
因為沒有一個思想是滿足的。
——《理查二世》

若是一個人的思想不能比飛鳥上升得更高，
那就是一種卑微不足道的思想。
——《亨利六世·中》

# 戀愛的使者應當是思想，

因為它比驅散山坡上的陰影的太陽光還要快十倍。

——《羅密歐與朱麗葉》

沒有思想的言語永遠不會上升天界。

——《哈姆雷特》

在時代轉變的前夕總是這樣，

人們的天賦心靈使得他們擔心未來的危機；

好比我們見到海水高漲，

就知道會有一場暴風雨一樣。

——《理查三世》

一個人除非沒有腦子，

總會有思想的。

——《冬天的故事》

女人的思想，總是比行動跑得更快。

——《皆大歡喜》

智慮是勇敢的最大要素，

憑著它我才保全了我的生命。

——《亨利四世·上》

# 請用理性的液汁，

澆熄或減弱感情的火焰吧！

——《亨利八世》


這些甜蜜的思想給與我新生的力量，

在我幹活的當兒，

我的思想最活躍。

——《暴風雨》


危險的思想本來就是一種毒藥，

雖然在開始的時候嘗不到什麼苦澀的味道，

可是漸漸地在血液裡活動起來，

——《奧賽羅》


野心勃勃的思想總在計劃不可能的奇蹟；

可是因為它們沒有這樣的能力，

所以只能在它們自己的盛氣之中死去。

——《理查二世》


一個人發起瘋來，

會把血肉的凡人敬若神明，

把一隻小鵝看做一個仙女；

全然的、全然的偶像崇拜！

——《愛的徒勞》

# 疑惑足以敗事，

一個人往往因為遇事畏縮的緣故，
失去了成功的機會。
——《一報還一報》

明智的人絕不坐下來為失敗而哀號，
他們一定樂觀地尋找辦法來加以挽救。
——《亨利六世·中》

要是在我們的生命之中，
理智和情欲不能保持平衡，
我們血肉的邪心就會引導我們到一個荒唐的結局；
可是我們有的是理智，
可以沖淡我們洶湧的熱情、
肉體的刺激和奔放的淫慾。
——《奧賽羅》

看來人們的理智也是他們命運中的一部分，
一個人倒了楣，
他的頭腦也就跟著糊塗了。
——《安東尼與克麗奧佩特拉》

被可以隨口毀棄的空口盟誓所迷惑，
簡直是無可理喻的瘋狂！
——《安東尼與克麗奧佩特拉》

・約翰・W・瓦特豪斯／奧卡莉雅

# 同樣價值的東西，

往往因為主人的喜惡而分別高下。

——《雅典的泰門》

有時我們往往會把我們的損失，

當作是莫大的幸事！

——《終成眷屬》

今後將要敵愾同仇，步伐一致，

不再蹈同室操戈的覆轍；

我們絕不再讓戰爭的鋒刃，

像一柄插在破鞘裡的刀子一般，

傷害它自己的主人。

——《亨利四世・上》

他充分明白他不能憑著一時的猜疑，

把國內的敵對勢力根除淨盡；

他的敵人和他的友人是連結而不可分的，

拔去一個敵人，

也就是使一個友人離心。

正像一個被他的凶悍的妻子所激怒的丈夫一樣，

當他正要動手打她的時候，

她卻把他的嬰孩高高舉起，

使他不能不存著投鼠忌器的戒心。

——《亨利四世・下》

# 我們人類如果沒有理智，

不過是畫上的圖形，

無知的禽獸。

——《哈姆雷特》


瘋子、情人和詩人，

都是幻想的產兒：

瘋子眼中所見的魔鬼，

多過於廣大的地獄所能容納；

情人，同樣是那麼瘋狂，

能從埃及人的黑臉上看見海倫的美貌；

詩人的眼睛在神奇的狂放的一轉中，

便能從天上看到地下，

從地下看到天上。

——《仲夏夜之夢》


理智可以制定法律來約束感情，

可是熱情激動起來，

就會把冷酷的法令棄之不顧，

年輕人是一頭不受拘束的野兔，

會跳過老年人所設立的理智藩籬。

——《威尼斯商人》


因為一個人的感情完全受著善惡的支配，

誰也做不了自己的主。

——《威尼斯商人》

# 愚人的蠢事算不得稀奇，

聰明人的蠢事才叫人笑痛肚皮；

因為他用全副的本領來證明他自己的愚笨。

——《愛的徒勞》

一個不慣於流婦人之淚的人，

可是當他被感情征服的時候，

也會像湧流著膠液的阿拉伯橡樹一般兩眼泛濫。

——《奧賽羅》

一個痴人會把一件玩意兒當作神明，

終身遵守憑著那神明所發的誓……

——《泰特斯‧安德洛尼克斯》

酒杯裡也許浸著一個蜘蛛，

一個人喝了下去，

卻不會中毒，

因為他不知道這回事；

可是假如他看見了這個可怕的東西，

知道他怎樣喝過了這杯裡的酒，

他便要嘔吐狼藉了。

——《冬天的故事》

# 勇敢與怯懦

如果不辭辛苦，

拿出勇氣，

就一定能夠轉危為安，

這時假如撇下船舵，

像膽小的孩童一般，

眼淚汪汪地把淚水灑進海水，

那就只會增添水勢……

——《亨利六世·下》

真正勇敢的人，

應當能夠智慧地忍受最難堪的屈辱，

不以身外的榮辱介懷，

用息事寧人的態度避免無謂的橫禍。

——《雅典的泰門》

## 雄獅的威猛，

可以使豹子懾服。

——《理查二世》

勇敢是世人公認的最大美德，

有勇的人是最值得崇敬的！

——《科利奧蘭納斯》

真正的偉大不是輕舉妄動，

而是在榮譽遭遇危險的時候，

即使為了一根稻稈之微，

也要慷慨力爭。

——《哈姆雷特》

那無知無識的畜類都還懂得飼養牠們的後代；

雖然牠們看到人臉覺得可怕，

可是如果有人掏牠們的窩巢，

牠們為了保護幼雛，

就不再舉翼驚飛，

而用牠們的翅膀來對人搏鬥，

甚至犧牲生命也在所不惜。

——《亨利六世·下》

# 有德必有勇，

正直的人決不膽怯。

——《一報還一報》

激發人心的勇氣，

可以使一根紡軸變成一柄長槍。

——《辛白林》

真能捐軀疆場的人，

一定能夠奮不顧身；

至於愛惜身家的人，

縱使博得勇敢之名，

也只是出於僥倖，

絕沒有勇敢之實。

——《亨利六世・中》

儒夫在未死以前，

就已經死過好多次；

勇士一生只死一次。

——《凱撒大帝》

忠貞的胸膛裡一顆勇敢的心靈，

就像藏在重鍵鎖的箱中的珠玉。

——《理查二世》

# 譴責和非難，
### 永遠是勇敢的報酬。
——《亨利四世・下》

能夠抱著必死之念，
那麼活固然好，
死也無所惶慮。
——《一報還一報》

過分的驚惶會使一個人忘懷了恐懼，
不顧死活地蠻幹下去；
在這一種心情之下，
鴿子也會向鷙鳥猛啄。
——《安東尼與克麗奧佩特拉》

只要有線索可尋，
我總會找出事實的真相，
即使那真相一直藏在地球的中心。
——《哈姆雷特》

當一幢房屋坍下的時候而不知道趨避，
這一種勇氣被稱為愚昧的。
——《科利奧蘭納斯》

# 世上沒有一個媒人，

會比一個勇敢的名聲更能說動女人的心了。

——《第十二夜》

人們在被命運眷寵的時候，

勇、怯、強、弱、智、愚、賢、不肖，

都看不出什麼分別來；

可是一旦為幸運所拋棄，

開始涉歷驚濤駭浪的時候，

就好像有一把有力的大扇子，

把他們扇開了，

柔弱無用的都被扇去，

有毅力、有操守的，卻會卓立不動。

——《特洛伊羅斯與克瑞西達》

習慣雖然是一個可以使人失去羞恥的魔鬼，

但是它也可以做一個天使，

對於勉力為善的人，

它會用潛移默化的手段，

使他棄惡從善。

——《哈姆雷特》

草木是靠著上天的雨露滋長的，

但是它們也敢仰望穹蒼。

——《波力克里斯》

・約翰‧W‧賀曼／希拉瑞像

# 刀劍雖破，

比起手無寸鐵來，
總是略勝一籌。
——《奧賽羅》

習慣簡直有一種改變氣質的神奇的力量，
它可以制伏魔鬼，
並且把他從人們心裡驅逐出去。
——《哈姆雷特》

和平本身就是一種勝利，
因為雙方都是光榮的屈服者，
可是誰也不會失敗。
——《亨利四世‧下》

畏懼徒然沮喪了自己的勇氣，
也就是削弱自己的力量，
增加敵人的聲勢，
等於讓自己的愚蠢攻擊自己。
畏懼並不能免於一死，
戰爭的結果大不了也不過一死。
奮戰而死，是以死亡摧毀死亡；
畏怯而死，卻做了死亡的奴隸。
——《理查二世》

# 恐懼可以使天使變成魔鬼，

它所看到的永遠不是真實。

——《特洛伊羅斯與克瑞西達》

莊嚴的大海產生蛟龍和鯨鯢，

清淺的小河裡只有一些俎上的美味的魚蝦。

——《辛白林》

在一切卑劣的情感之中，

恐懼是最最要不得的。

——《亨利六世‧上》

在計劃一件危險的行動和開始行動之間的一段時間裡，

一個人就好像置身於一場可怖的噩夢之中，

遍歷種種的幻象。

——《凱撒大帝》

懦怯的父親只會生懦怯的兒子，

卑賤的事物出於卑賤。

有穀實也就有糠麩，

有猥瑣的小人，

也就有偉儻的豪傑。

——《辛白林》

# 最柔弱的人，

最容易受幻想的激動。

——《哈姆雷特》

人們因為一時的猜疑而引起的恐懼，

往往會由於憂慮愈形增長，

先不過是害怕可能發生的禍害，

跟著就會苦苦謀求防止的對策。

——《波力克里斯》

盲目的恐懼有明眼的理智領導，

比之憑著盲目的理智毫無恐懼地橫衝直撞，

更容易找到一個安全的立足點；

倘能時時憂慮著最大的不幸，

那麼在較小的不幸來臨的時候，

往往可以安之若素。

——《特洛伊羅斯與克瑞西達》

# 莎士比亞一生傳奇

〔編按‧此章係根據維基百科編輯而成〕

## 早年

　　威廉・莎士比亞父親叫約翰・莎士比亞，是一個殷實的皮手套商人和市參議員，祖籍斯尼特菲爾德，母親瑪麗・阿登是一個富裕的地主的女兒。莎士比亞於1564年4月23日出生於英格蘭沃里克郡雅芳河畔斯特拉特福，根據記錄，莎士比亞是在當年4月26日受洗禮。一般認為他的生日是4月23日的聖喬治日。這個日期是一位18世紀學者的失誤，被證明只是為了有吸引力，因為莎士比亞於1616年的4月23日去世。他在家裡的八個孩子中排行第三，也是存活下來兒子中最年長的一個。

　　儘管沒有保存下來的出席記錄，大部分傳記作者認同莎士比亞在雅芳河畔斯特拉特福的國王學校接受了教育，這是一所成立於1553年的免費學校，距離他家四分之一英里。伊莉莎白時代的初級中學質量參差不齊，但是整個英格蘭的課程設置由法律規定，並且學校提供拉丁語和古典文學的強化教育。18歲的時候，莎士比亞與26歲的安妮・海瑟薇結婚，伍斯特主教教區的宗教法院於1582年11月27日簽發了結婚證書。次日兩位海瑟薇的鄰居擔保婚姻沒有任何障礙。這對新人可能很匆忙地安排了儀式，因為伍斯特法官允許結婚預告只宣告了一次，而通常是三次。海瑟薇當時已經懷上了莎士比亞的孩子可能是匆忙的原因。結婚6個月後，女兒蘇珊娜降生，於1583年5月25日接受洗

禮。兩年後，他的龍鳳雙胞胎兒子哈姆內特和女兒朱迪思在1585年2月2日受洗禮。

　　在雙胞胎出生後，關於莎士比亞的歷史記錄非常少，直到他在1592年代出現在倫敦的劇團中。由於這段時間的缺失，一些學者把1585年到1592年稱作莎士比亞「行蹤成謎的歲月」（lost years）。傳記作者試圖說明他這段時期的經歷，描述了很多虛構的故事。18世紀的故事版本為莎士比亞成為倫敦的劇院合夥人從而開始他的戲劇生涯。約翰‧奧布里則將莎士比亞描述為一個鄉村校長。一些20世紀的學者提出莎士比亞可能被蘭開夏郡的亞歷山大‧霍頓僱用為校長，霍頓是一位信仰天主教的地主，在他的遺囑

‧莎士比亞出生的房子，現改建為紀念館

中提到了某一位「威廉‧莎士比亞」。沒有證據證實這些故事與他逝世後的一些謠傳有什麼不同。

## 倫敦和劇團生涯

關於莎士比亞開始創作的具體時間依舊是個謎，但是同一時期演出的線索和記錄顯示，到1592年為止，倫敦舞台已經表演了他的幾部劇作。那時他在倫敦已很有知名度，劇作家羅伯特‧格林寫文章攻擊他：

……那裡有一隻用我們的羽毛美化了傲慢自負的烏鴉，他的「表演者的外表裡面裹著一顆老虎的心」，自以為有足夠的能力像你們中間最優秀者一樣善於襯墊出一行無韻詩；而且他是個什麼都幹的打雜工，自負地認為是全國唯一的「搖撼舞台者」。

學者對這些評論的確切意思有不同意見，不過大部分同意格林在取笑莎士比亞努力與接受過大學教育的作家如克里斯托夫‧馬洛、托馬斯‧納什和格林自己相提並論，取得高於自己應有的地位。「表演者的外表裡面裹著一顆老虎的心」（Tiger's heart wrapped in a Player's hide）模仿了莎士比亞《亨利六世第三部》的台詞「女人的外表裡面裹著一顆老虎的心」（Oh, tiger's heart wrapped in a woman's hide）。而雙關語「搖撼舞台者」（Shake-scene）影射格林抨擊的對象——莎士比亞的名字——「搖動長矛者」（Shakespeare）。

格林的抨擊是關於莎士比亞劇院生涯的最早記錄。傳記作家認為他的生涯可能開始於1580年代中期到格林評論之前的任何時候。1594年開始，莎士比亞的戲劇只在宮內大臣劇團演出，這是一家由劇作家組建的劇團，莎士比亞也是股東之一，後來成為倫敦最主要的劇團。1603年伊莉莎白一世逝世後，新國王詹姆士一世授予劇團皇家標誌，並改名為國王劇團。

1599年，劇團的一個合夥人在泰晤士河南岸建造了他們自己的劇院——環球劇場。1608年，黑衣修士劇院也被他們接管。莎士比亞的財產購買和投資記錄表明劇團使他變得富有。1597年，他買入了雅芳河畔斯特拉特福第二大房子；1605年，他在雅芳河畔斯特拉特福投資了教區什一稅的一部分。

1594年開始，莎士比亞的一些劇本以四開本出版。到1598年，他的名字已經成為賣點並開始出現在

· 重建的倫敦環球劇場

扉頁。莎士比亞成為一個成功的劇作家後繼續在他自己和別人的劇作裡表演。1616年出版的本・瓊森劇作集中的演員表裡就有莎士比亞的名字，如1598年的《個性互異》和1603年的《西姜努斯》。他的名字沒有出現在瓊森1605年《福爾蓬奈》的演員表中，一些學者認為這是他演員生涯接近盡頭的跡象。然而，1623年出版的莎士比亞劇作合集《第一對開本》中將莎士比亞列為所有劇作的主要演員之一，其中部分劇作在《福爾蓬奈》後第一次上演，儘管我們無法確認他具體扮演了那些角色。1610年，赫里福德的約翰・戴維斯寫到他扮演君主類角色。1709年，羅延續了傳統觀點，認為莎士比亞扮演了哈姆雷特父親的靈魂。後來的傳統觀點認為他還飾演了《皆大歡喜》裡的亞當（Adam）和《亨利五世》裡的蕭呂斯（Chorus），然而很多學者懷疑這些資料的來源是否可靠。

　　莎士比亞把一半時間花在倫敦，另一半花在雅芳河畔斯特拉特福。1596年，在他家鄉購入新房子之前的一年，莎士比亞住在泰晤士河的北岸聖海倫郊區。1599年，他搬到了河的南岸，同年劇團在那裡建造了環球劇場。1604年，他再度搬到了河的北岸聖保羅座堂北面一個有很多高檔房子的區域。他從一個名叫克里斯托夫・芒喬伊（Christopher Mountjoy）的人那裡租房子住，芒喬伊是法國雨格諾派，製作女士假髮和其他頭飾。

## 晚年和逝世

1606年到07年以後，莎士比亞創作的劇本較少，1613年之後沒有新的作品問世。他的最後三部劇作很有可能與約翰‧弗萊切合作完成，弗萊徹在莎士比亞之後成為國王劇團的主劇作家。

羅是第一個根據傳統認為莎士比亞在他逝世前幾年退休回到雅芳河畔斯特拉特福的傳記作家，但是停止所有的工作在那個時代並不多見，並且莎士比亞繼續去倫敦。1612年，他被法庭傳喚，作為芒喬伊女兒瑪麗婚姻財產契約官司的證人。1613年3月，他購入了黑衣修士修道院的一個司閣室，從1614年11月開始，他在倫敦和女婿約翰‧霍爾（John Hall）一起待了幾個星期。

1616年4月23日，莎士比亞逝世，留下了妻子和兩個女兒。大女兒蘇珊娜和內科醫生約翰‧霍爾於1607年結婚，二女兒朱迪思在莎士比亞逝世前兩個月嫁給了酒商托馬斯‧基內爾（Thomas Quiney）。

在遺囑中，莎士比亞將他大量地產的大部分留給了大女兒蘇珊娜。條款指定她將財產原封不動地傳給「她的第一個兒子」。基內爾一家有三個孩子，都在沒有結婚前就去世了。霍爾一家有一個孩子——伊莉莎白，她嫁了兩次，但是1670年去世的時候沒有留下一個孩子，莎士比亞的直系後代到此為止。莎士比亞的遺囑中提到他妻子安妮

的地方很少，她很可能自動繼承了他三分之一的財產。然而他特意提及一點，將「我第二好的床」留給她，這個遺贈物導致了很多猜想。一些學者認為這個遺物是對安妮的一種侮辱，而另一些則相信這個第二好的床曾經是婚床，因此紀念意義重大。

　　逝世兩天後，莎士比亞被埋葬在雅芳河畔斯特拉特福

・莎士比亞之墓

聖特里尼蒂教堂的高壇。1623年之前的某個時候，一座紀念墓碑和他的半身肖像被豎立在北牆上，肖像雕刻了莎士比亞正在創作的樣子。碑文中將他與希臘神話中的內斯特、古希臘哲學家蘇格拉底和古羅馬詩人維吉爾相提並論。一塊石板覆蓋在他的墓碑上，目的是為了消除移動他的屍骨而帶來的詛咒。

## 劇作

莎士比亞的創作生涯通常被分成四個階段。到1590年代中期之前，他主要創作喜劇，其風格受羅馬和義大利影響，同時按照流行的編年史傳統創作歷史劇。他的第二個階段開始於大約1595年的悲劇《羅密歐與朱麗葉》，結束於1599年的悲劇《凱撒大帝》。在這段時期，他創作了他最著名的喜劇和歷史劇。從大約1600年到大約1608年為他的「悲劇時期」，莎士比亞創作以悲劇為主。從大約1608年到1613年，他主要創作悲喜劇，被稱為莎士比亞晚期傳奇劇。

最早的流傳下來的莎士比亞作品是《理查三世》和《亨利六世》三部曲，創作於1590年代早期，當時歷史劇風靡一時。然而，莎士比亞的作品很難確定創作時期，原文的分析研究表明《泰特斯‧安特洛尼克斯》、《錯中錯》、《馴悍記》和《維洛那二紳士》可能也是莎士比亞

早期作品。他的第一部歷史劇，從拉斐爾・霍林斯赫德1587年版本的《英格蘭、蘇格蘭和愛爾蘭編年史》中汲取很多素材，將腐敗統治的破壞性結果戲劇化，並被解釋為都鐸王朝起源的證明。它們的構成受其他伊莉莎白時期劇作家的作品影響，尤其是托馬斯・基德和克里斯托夫・馬洛，還受到中世紀戲劇的傳統和塞內卡劇作的影響。《錯中錯》也是基於傳統故事，但是沒有找到《馴悍記》的來源，儘管這部作品的名稱和另一個根據民間傳說改編的劇本名字一樣。如同《維洛那二紳士》中兩位好朋友贊同強

・威廉・布萊克描繪的《仲夏夜之夢》，
大約創作於1786年

姦一樣，《馴悍記》的故事中男子培養女子的獨立精神有時候使現代的評論家和導演陷入困惑。

　　莎士比亞早期古典和義大利風格的喜劇，包含了緊湊的情節和精確的喜劇順序，在1590時代中期後轉向他成功的浪漫喜劇風格。《仲夏夜之夢》是浪漫、仙女魔力、不過分誇張滑稽的綜合。他的下一部戲劇，同樣浪漫的《威尼斯商人》，描繪了報復心重的放高利貸的猶太商人夏洛克，反映了伊莉莎白時期觀念，但是現代的觀眾可能會感受到種族主義觀點。《無事生非》的風趣和俏皮、《皆大歡喜》中迷人的鄉村風光、《第十二夜》生動的狂歡者構成了莎士比亞經典的喜劇系列。在幾乎完全是用詩體寫成的歡快的《理查二世》之後，1590年代後期莎士比亞將散文喜劇引入到歷史劇《亨利四世第一部》、第二部和《亨利五世》中。他筆下的角色變得更複雜和細膩，他可以自如地在幽默和嚴肅的場景間切換，詩歌和散文中跳躍，來完成他敘述性的各種成熟作品。這段時期的創作開始和結束於兩個悲劇：《羅密歐與朱麗葉》是一部著名的浪漫悲劇，描繪了性慾躁動的青春期、愛情和死亡；《凱撒大帝》基於1579年托馬斯·諾斯改編的羅馬時代的希臘作家普魯塔克作品《傳記集》（Parallel Lives），創造了一種戲劇的新形式。莎士比亞的研究學者詹姆斯·夏皮羅認為，在《凱撒大帝》中，各種政治、人物、本性、事件的線索，甚至莎士比亞自己創作過程時的想法，交織在一起

互相滲透。

　　大約1600年到1608年期間是莎士比亞的「悲劇時期」，儘管這段時期他還創作了一些「問題劇」（Problem plays）如《一報還一報》、《特洛伊羅斯與克瑞西達》和《終成眷屬》。很多評論家認為莎士比亞偉大的悲劇作品代表了他的藝術高峰。第一位英雄當屬哈姆雷特王子，可能是莎士比亞創作的角色中被談論最多的一個，尤其是那段著名的獨白——「生存還是毀滅，這是一個值得考慮的問題」（To be or not to be; that is the question）。和內向的哈姆雷特不同（其致命的錯誤是猶豫不決），接下來的悲劇英雄們奧賽羅和李爾王，失敗的原因是做決定時犯下輕率的錯

·理察·維斯托爾創作的《凱撒大帝》中的油畫，凱撒的鬼魂出現來告知布魯特斯的命運，作於1802年

誤。莎士比亞悲劇的情節通常結合了這類致命的錯誤和缺點，破壞了原有的計劃並毀滅了英雄和英雄的愛人們。在《奧賽羅》中，壞蛋埃古挑起了奧賽羅的性妒忌，導致他殺死了深愛他的無辜的妻子。在《李爾王》中，老國王放棄了他的權利，從而犯下了悲劇性的錯誤，導致他女兒的被害以及格洛思特公爵遭受酷刑並失明。劇評家弗蘭克‧克莫德認為，「劇本既沒有表現良好的人物，也沒有使觀眾從酷刑中解脫出來。」《馬克白》是莎士比亞最短最緊湊的悲劇，無法控制的野心刺激著馬克白和他的太太馬克白夫人，謀殺了正直的國王，並篡奪了王位，直到他們的罪行反過來毀滅了他們自己。在這個劇本中，莎士比亞在悲劇的架構中加入了超自然的元素。他最後的主要悲劇《安東尼與克麗奧佩托拉》和《科利奧蘭納斯》，包括了部分莎士比亞最好的詩作，被詩人和評論家托馬斯‧斯特恩斯‧艾略特認為是莎士比亞最成功的悲劇。

在他最後的創作時期，莎士比亞轉向傳奇劇，又稱為悲喜劇。這期間主要有三部戲劇作品：《辛白林》、《冬天的故事》和《暴風雨》，還有與別人合作的《泰爾親王佩力克爾斯》。這四部作品與悲劇相比沒有那麼陰鬱，和1590年代的喜劇相比更嚴肅一些，最後以對潛在的悲劇錯誤的和解與寬恕結束。一些評論家注意到了語氣的變化，將它作為莎士比亞更祥和的人生觀的證據，但是這可能僅僅反映了當時戲劇流行風格而已。莎士比亞還與他人合作

了另外兩部作品《亨利八世》和《兩個貴族親戚》，極有可能是與約翰‧弗萊切共同完成。

## 演出

目前尚未確定莎士比亞早期的劇作是為哪家劇團創作的。1594年出版的《泰特斯‧安特洛尼克斯》的扉頁上顯示這部作品曾被3個不同的劇團演出過。在1592年到1593年黑死病肆虐後，莎士比亞的劇作由他自己所在的劇團公司在「劇場」（The Theatre）和泰晤士河北岸的「幕帷劇院」（Curtain Theatre）表演。倫敦人蜂擁到那裡觀看《亨利四世》的第一部分。當劇團和劇院的地主發生爭議後，他們拆除了原來的劇院，用木料建造環球劇場，這是第一個由演員為演員建造的劇場，位於泰晤士河南岸。環球劇場於1599年秋天開放，《凱撒大帝》是第一部上演的劇作。

大部分莎士比亞1599年之後的成功作品是為環球劇場創作的，包括《哈姆雷特》、《馬克白》、《奧賽羅》和《李爾王》。

‧喬治‧道描繪的《辛白林》場景，作於1809年

1603年，當宮內大臣劇團改名為國王劇團後，劇團和新國王詹姆士一世建立了特殊的關係。儘管表演記錄並不完整，從1604年11月1日到1605年10月31日之間國王劇團在宮廷中共表演了莎士比亞的7部戲劇，其中《威尼斯商人》表演了兩次。1608年之後，他們冬天在室內的黑衣修士劇院演出，夏天在環球劇場演出。室內劇場充滿詹姆士一世時代的風格，裝飾得非常華麗，使莎士比亞可以引入更精美的舞台設備。例如，在《辛白林》中，「朱庇特在雷電中騎鷹下降，擲出霹靂一響；眾鬼魂跪伏。」

　　莎士比亞所在劇團的演員包括著名的理察‧伯比奇、威廉‧肯普、亨利‧康德爾和約翰‧赫明斯。伯比奇出演了很多部莎士比亞劇本首演時的主角，包括《理查三世》、《哈姆雷特》、《奧賽羅》和《李爾王》。受觀眾歡迎的喜劇演員威廉‧肯普在《羅密歐和朱麗葉》中扮演僕人彼得，在《無事生非》中扮演多貝里，他還扮演了其他角色。16世紀末期，他被羅伯特‧阿明取代，後者飾演了《皆大歡喜》和《李爾王》裡的弄臣角色。1613年，作家亨利‧沃頓認為《亨利八世》「描述了很多非常壯觀的儀式場景」。然而6月29日，該劇在環球劇場上演的時候，大炮點燃了屋頂，劇場被焚毀，這是莎士比亞戲劇時代罕見的被準確記錄的事件。

# 版本

　　1623年，莎士比亞在國王劇團的兩個好朋友約翰・赫明斯和亨利・康德爾，出版了莎士比亞劇作合集《第一對開本》。該書一共包含36部莎士比亞作品，其中18部為首次出版。其中很多作品之前已經以四開本的形式出版。沒有證據表明莎士比亞認可這些版本，正如《第一對開本》中描述的那樣為「剽竊和鬼祟的複製品」。英國傳記作家艾爾弗雷德・波拉德稱其中的一部分為「糟糕的四開本」（bad quarto），因為它們是被改編、改寫或篡改的文字，很多地方根據記憶重新寫成。因此同一個劇本有多個版本，並且互不相同。這些差異可能來源於複製或印刷錯誤、演員或觀眾的筆記、以及莎士比亞自己的草稿。另外有些情形，如《哈姆雷特》、《特洛伊羅斯與克瑞西達》和《奧賽

・1623年出版的《第一對開本》扉頁，版畫像為馬丁・德魯肖特創作。

羅》，莎士比亞在四開本和對開本中間修訂了文字。《李爾王》的對開本和1608年出版的四開本差別很大，以至於牛津莎士比亞出版社將兩個版本都出版，因為它們不能沒有歧義地合併成一個版本。

## 詩

　　1593年到1594年，由於劇院因為瘟疫而關閉，莎士比亞出版了兩首性愛主題的敘事詩：《維納斯和阿多尼斯》和《魯克麗絲失貞記》，他將它們獻給南安普敦伯爵，亨利・賴奧思利。在《維納斯和阿多尼斯》中，無辜的阿多尼斯拒絕了維納斯的性要求，而《魯克麗絲失貞記》中，貞潔的妻子魯克麗絲被好色的塔昆強暴。受奧維德的《變形記》影響，詩表現了起源於慾望的罪行和道德的困惑。這兩首詩都很受歡迎，在莎士比亞在世時重印多次。第三首敘事詩為《愛人的怨訴》，講述了一個年輕女子悔恨被一個求婚者誘姦，收錄在1609年出版的《十四行詩》第一版中。大部分學者現在接受《愛人的怨訴》為莎士比亞創作的觀點。評論家認為這首詩優秀的品質被沉重的結果所損傷。《鳳凰和斑鳩》哀悼傳說的不死鳥和愛人忠誠的斑鳩之死。1599年，兩首早期的14行詩作品第138和作品第144收錄在《熱情的朝聖者》中，此書印有莎士比亞的名字，但是沒有得到他的許可。

# 十四行詩

　　1609年，莎士比亞發表了《十四行詩》，這是他最後一部出版的非戲劇類著作。學者無法確認154首十四行詩每一首的完成時間，但是有證據表明莎士比亞在整個創作生涯中為一位私人讀者創作了這些十四行詩。更早的時候，兩首未經許可的十四行詩出現在1599年出版的《熱情的朝聖者》。英國作家弗朗西斯・米爾斯曾在1598年提到「在親密朋友當中流傳的甜美的十四行詩」。少數分析家認為出版的合集是根據莎士比亞有意設置的順序。看起來他計劃了兩個相對的系列：一個是關於一位已婚皮膚黝黑女子的不可控制的慾望；另一個是關於一位白皙的年輕男子純潔的愛。如今仍不清楚是否這些人物代表了真實的人，也不清楚是否詩中的「我」代表了莎士比亞自己，儘管英國詩人威廉・華茲華斯認為在這些十四行詩中「莎士比亞敞開了他的心」。1609年的版本是獻給一位「W.H.先生」，獻詞稱他為這些詩的「唯一的促成者」（the only begetter）。獻詞究竟是莎士比亞自己寫的還是出版商托馬斯・索普所加目前仍是一個謎，索普的名字縮寫出現在題獻頁的末尾。儘管有大量學術研究，誰是「W.H.先生」先生也依舊不為人知，甚至連莎士比亞是否授權出版該書也不清楚。評論家讚美《十四行詩》是愛、性慾、生殖、死亡和時間的本性的深刻思索。

## 風格

　　莎士比亞最早的劇作是以當時常見的風格寫成。他採用標準的語言書寫，常常不能根據角色和劇情的需要而自然釋放。詩文由擴展而定，有時含有精心的隱喻和巧妙構思，語言通常是華麗的，適合演員高聲朗讀而不是說話。一些評論家的觀點認為，《泰特斯‧安特洛尼克斯》中莊重的演說詞，經常阻礙了情節；《維洛那二紳士》的台詞被評論為做作不自然。

‧約翰‧亨利希‧菲斯利描繪的哈姆雷特和他父親的靈魂，大約創作於1780～1785年

很快莎士比亞從傳統風格轉向他自己的特點。《理查三世》開幕時的獨白開創了中世紀戲劇中的邪惡角色。同時，理查生動的充滿自我意識的獨白延續到莎士比亞成熟期劇作中的自言自語。沒有單獨一個劇本標誌著從傳統風格到自由風格的轉換，莎士比亞的整個寫作生涯中綜合了這兩種風格，《羅密歐與朱麗葉》可能是這種混合風格最好的詮釋。到1590年代中期創作《羅密歐和朱麗葉》、《理查二世》和《仲夏夜之夢》時期，莎士比亞開始用更自然的文字寫作。他漸漸將他的隱喻和象徵轉為劇情發展的需要。

莎士比亞慣用的詩的形式是無韻詩，同時結合抑揚格五音步。實際上，這意味著他的詩通常是不押韻的，每行有10個音節，在朗讀時每第二個音節為重音。他早期作品的無韻詩和後期作品有很大區別。詩句經常很優美，但是句子傾向於開始、停頓、並結束在行尾，這樣有可能導致枯燥。當莎士比亞精通傳統的無韻詩後，他開始打斷和改變規律。這項技巧在《凱撒大帝》和《哈姆雷特》等劇本的詩文中釋放出新的力量和靈活性。例如，在《哈姆雷特》第五場第二幕中，莎士比亞用它來表現哈姆雷特思維的混亂：

**英文劇本原文**

Sir, in my heart there was a kind of fighting

That would not let me sleep. Methought I lay

Worse than the mutines in the bilboes. Rashly—

And prais'd be rashness for it—let us know

Our indiscretion sometimes serves us well...


**中文翻譯**

先生，那夜，我因胸中納悶，無法入睡，

折騰得比那銬了腳鐐的叛變水手還更難過；

那時，我就衝動的——

好在有那一時之念，

因為有時我們在無意中所做的事能夠圓滿……


　　《哈姆雷特》之後，莎士比亞的文風變化更多，尤其是後期悲劇中更富有感情的段落。英國文學評論家安德魯・塞西爾・布拉德利將這種風格描述為「更緊湊、明快、富有變化，並且在結構上比較不規則，往往錯綜複雜或者省略」。在他創作生涯後期，莎士比亞採用了很多技巧來達到這些效果，其中包括跨行連續、不規則停頓和結束、以及句子結構和長度極度變化。在《馬克白》中，語言從一個不相關的隱喻或直喻轉換到另一個，如第一場第七幕中：

**英文劇本原文**

was the hope drunk

Wherein you dressed yourself?

**中文翻譯**

難道你把自己沉浸在裡面的那種希望，

只是醉後的妄想嗎？

**英文劇本原文**

pity, like a naked new-born babe

Striding the blast, or heaven's cherubim, hors'd

Upon the sightless couriers of the air...

**中文翻譯**

「憐憫」像一個赤身裸體在狂風中飄遊的嬰兒，

又像一個御氣而行的天嬰……

完整地理解意思對聽眾是挑戰。後期的傳奇劇，情節及時而出人意料地變換，創造了一種末期的詩風，其特點是長短句互相綜合、分句排列在一起、主語和賓語倒轉、詞語省略，產生了自然的效果。

莎士比亞詩文的特徵和劇院實際效果有關。像那個時代所有的劇作家一樣，莎士比亞將弗朗西斯克·彼特拉克

和拉斐爾・霍林斯赫德等創作的故事戲劇化。他改編了每一個情節來創造出幾個觀眾注意的中心，同時向觀眾展示盡可能多的故事片段。設計的特點保證了莎士比亞的劇作能夠被翻譯成其他語言、剪裁、寬鬆地詮釋，而不會丟失核心劇情。當莎士比亞的技巧提高後，他賦予角色更清晰和更富有變化的動機以及說話時獨一無二的風格。然而，後期的作品中他保留了前期風格的特點。在後期的傳奇劇中，他故意轉回到更虛假的風格，這種風格著重了劇院的效果。

## 影響

莎士比亞的著作對後來的戲劇和文學有持久的影響。實際上，他擴展了戲劇人物刻畫、情節敘述、語言表達和文學體裁多個方面。例如，直到《羅密歐與朱麗葉》，傳奇劇還沒有被視作悲劇值得創作的主題。獨白以前主要用於人物或場景的切換信息，但是莎士比亞用來探究人物的思想。他的作品對後來的詩歌影響重大。浪漫主義詩人試圖振興莎士比亞的詩劇，不過收效甚微。評論家喬治・斯泰納認為從柯爾律治到丁尼生所有英國的詩劇為「莎士比亞作品主題的微小變化」。

莎士比亞還影響了托馬斯・哈代、威廉・福克納和查爾斯・狄更斯等小說家。狄更斯的作品中有25部引用莎士

比亞的作品。美國小說家赫爾曼‧梅爾維爾的獨白很大程度上得益於莎士比亞：他的著作《白鯨記》里的亞哈船長是一個經典的悲劇英雄，含有李爾王的影子。學者們鑒定出2萬首音樂和莎士比亞的作品相關。其中包括朱塞佩‧威爾第的兩部歌劇——《奧泰羅》和《法斯塔夫》，這兩部作品和原著相比毫不遜色。莎士比亞對很多畫家也有影響，包括浪漫主義和前拉斐爾派。威廉‧布萊克的好友，瑞士浪漫主義藝術家約翰‧亨利希‧菲斯利，甚至將《馬克白》翻譯成德語。精神分析學家齊格蒙德‧弗洛伊德在他的人性理論中引用了莎士比亞作品的心理分析，尤其是哈姆雷特。

‧約翰‧亨利希‧菲斯利描繪的《馬克白》場景，大約創作於1793～94年。

在莎士比亞時期，英語語法和拼寫沒有現在標準化，他對語言的運用影響了現代英語。塞繆爾‧詹森在《詹森字典》中引用莎士比亞之處比任何其他作家都多，該字典是這個

領域第一本專著。短語如「with bated breath」（意為「屏息地」，出自《威尼斯商人》）和「a foregone conclusion」（意為「預料中的結局」，出自《奧賽羅》）如今已經應用到日常英語中。

## 評價

　　莎士比亞在世時從未達到推崇的地位，但是他得到了應有的讚揚。1598年，作家弗朗西斯・米爾斯將他從一群英國作家選出來，認為他在喜劇和悲劇兩方面均是「最佳的」。劍橋大學聖約翰學院希臘神話劇的作者們將他與傑弗里・喬叟和埃德蒙・斯賓塞相提並論。儘管同時代的本・瓊森在評論蘇格蘭詩人威廉・德拉蒙德時提到「莎士比亞缺少藝術」，然而在《第一對開本》中的獻詩中，瓊森毫不吝嗇對莎士比亞的讚美，稱他為「時代的靈魂」，並說：

原文

Triumph, my Britain, thou hast one to show
To whom all scenes of Europe homage owe.
He was not of an age, but for all time!

**中文翻譯**

非凡的成就啊,我的不列顛,

你有一個值得誇耀的臣民,

全歐洲的舞台都應向他表示尊敬。

他不屬於一個時代,而是屬於所有的時代!

從1660年英國君主復辟到17世紀末期,古典主義風靡一時。因而,當時的評論家大部分認為莎士比亞的成就比

・約翰・艾佛雷特・米萊創作的《哈姆雷特》中的歐菲莉亞,大約作於1851～1852年

不如約翰・弗萊切和本・瓊森。例如托馬斯・賴默批評莎士比亞將悲劇和喜劇混合在一起。然而,詩人和評論家德萊頓卻對莎士比亞評價很高,在談論本・瓊森的時候說,「我讚賞他,但是我喜歡莎士比亞。」幾十年來,賴默的觀點佔了上風,但是到了18世紀,評論家開

始以莎士比亞自己的風格來評論他，讚頌他的天份。一系列莎士比亞著作的學術評註版本，包括1765年塞繆爾·詹森版本和1790年埃德蒙·馬隆版本，使他的聲譽進一步提升。到了1800年，他已經被冠以「民族詩人」。18世紀和19世紀，他的聲望也在全球範圍傳播。擁護他的作家包括伏爾泰、歌德、司湯達和維克多·雨果。

在浪漫主義時期，莎士比亞被詩人及文評家柯爾律治稱頌，評論家奧古斯特·威廉·施萊格爾將莎士比亞的作品翻譯成德文版，富有德國浪漫主義精神。19世紀，對莎士比亞才華讚賞的評論往往近似於奉承。蘇格蘭散文家托馬斯·卡萊爾1840年在論及英國國王日益式微之後，寫道：「這裡我要說，有一個英國的國王，是任何議會不能把他趕下台的，他就是莎士比亞國王！難道他不是在我們所有人之上，以君王般的尊嚴，像一面最高貴、最文雅、並且最堅定的旗幟一樣熠熠發光？他是那麼無堅可摧，並且從任何一個角度講都擁有無人可及的價值。」維多利亞時代大規模地上演了他的戲劇。劇作家和評論家蕭伯納嘲笑莎士比亞崇拜為「bardolatry」——「bardolatry」一詞由「bard」（吟遊詩人）和「idolatry」（盲目崇拜）合成，莎士比亞通常被稱為吟遊詩人，該詞意味著對莎士比亞的過分崇拜。蕭伯納認為易卜生新興的自然主義戲劇的出現使莎士比亞風格過時了。

20世紀初期的藝術現代主義運動並沒有摒棄莎士比

亞，而是將他的作品列入先鋒派。德國表現派和莫斯科未來主義者將他的劇本搬上舞台。馬克思主義劇作家和導演貝爾托·布萊希特在莎士比亞影響下設計了一座史詩劇場（Epic theater）。詩人托馬斯·斯特恩斯·艾略特反對蕭伯納的觀點，認為莎士比亞的原始性事實上使他真正的現代。艾略特和G·威爾遜爵士以及新批評主義的一些學者，倡導了一項更深入閱讀莎士比亞作品的運動。1950年代，新評論浪潮取代了現代主義，為莎士比亞後現代主義研究鋪平道路。到了80年代，莎士比亞研究是結構主義、女權主義、非洲美洲研究和酷兒研究等研究對象。

## 關於莎士比亞的猜測

### 原作者

莎士比亞逝世大約150年後，關於莎士比亞作品的原作者的質疑聲逐漸開始浮現出來。提出的有可能的作者包括弗蘭西斯·培根、克里斯托夫·馬洛和愛德華·德·維爾。雖然所有這些候選人被學術圈普遍否認，然而大眾對這個主題的興趣一直延續到21世紀。

### 宗教信仰

一些學者認為莎士比亞家庭成員信仰羅馬天主教，那時羅馬天主教是違法的，莎士比亞的母親瑪麗·阿登無疑來自一個虔誠的羅馬天主教家庭。最有力的證據可能是約

翰・莎士比亞簽署了一份信仰羅馬天主教的聲明，該聲明於1757年在亨利街的舊房子的屋頂椽架上被發現。這份文件現在已經被遺失了，然而學者對其真實性意見不一。1591年，當局報告約翰因「恐懼面對自己的罪惡」而不參加英國國教會的宗教活動，這也是當時羅馬天主教徒常用的藉口。1606年，莎士比亞的女兒蘇珊娜的名字被列在雅芳河畔斯特拉特福未能參加復活節宗教活動的名單中。學者在莎士比亞的戲劇中同時發現支持和反對天主教義的證據，但是事實不可能證明兩者都正確。

### 性傾向

關於莎士比亞性傾向的詳細資料目前所知甚少。18歲的時候，他娶了26歲已經懷孕的安・海瑟薇。1583年5月26日。三個孩子中的老大蘇珊娜在婚後6個月出生。然而，幾個世紀以來，讀者指出莎士比亞的十四行詩是他愛上一個年輕男子的證據。另一些讀同一段詩歌的人則認為這是深厚

・托馬斯・薩利描繪的《威尼斯商人》中的夏洛克和鮑西亞，作於1835年

友誼的一種表達而不是性愛。同時，十四行詩中作品127到作品152，共計26首稱為「Dark Lady」的詩是寫給一位已婚女子，被作為異性戀者的證據。

## 作品

### 劇作分類

莎士比亞的作品包括1623年出版的《第一對開本》中的36部戲劇，以喜劇、悲劇和歷史劇分類列在下文中。歸於莎士比亞名下的作品並不是每一個字都是他寫的，其中有一部分顯示出合作的痕跡，也是當時普遍的一個現象。有兩部作品並沒有包含在《第一對開本》中，為《兩位貴族親戚》和《泰爾親王佩力克爾斯》，現在學者認為莎士比亞是這兩部作品的主要貢獻者，被列入他作品名單。《第一對開本》中沒有收錄詩。

19世紀後期，愛德華‧道登將後期四部喜劇分類為莎士比亞「傳奇劇」，這個術語被經常引用，儘

‧威廉‧霍爾曼‧亨特描繪的《一報還一報》場景，作於1850年

管很多學者認為應該稱作「悲喜劇」。這些作品和《兩位貴族親戚》在下表中加以星號（＊）註明。1896年，弗雷德里克‧博厄斯創造了術語「問題劇」（problem plays）來形容四部作品——《一報還一報》、《特洛伊羅斯與克瑞西達》、《終成眷屬》和《哈姆雷特》。「戲劇的主題單一，而氣氛很難嚴格地稱作喜劇或悲劇」，他寫道。「因此我們借用一個當今劇院的方便短語，將它們統稱為莎士比亞問題劇。」該術語引起大量爭論，有時應用到其他劇本中，如今依舊在使用，儘管通常把《哈姆雷特》歸類為悲劇。其他問題劇在下表中加以井號（＃）註明。

莎士比亞與他人合作的劇本在下表中加以匕首號（†）註明。

### 中譯本

1856年英國傳道師慕維廉（William Muirhead）在中國翻譯托馬斯‧米爾納（T.Milner）《大英國志》，書中的Shakespere被翻譯成「舌克斯畢」。1902年梁啟超率先使用「莎士比亞」這個譯名。1903年出版的《澥外奇談》是莎士比亞作品翻譯的開始，這本書翻譯了英國傑出的散文家查爾斯蘭姆和他的姊姊瑪麗蘭姆（Charles and Mary Lamb）改編的《莎士比亞戲劇故事集》的十篇故事，《澥外奇談》在「敘例」中這樣談：「是書原係詩體。經英儒蘭卜行以散文，定名曰Tales From Shakespere茲選譯其最佳者十章。名以今名。」。

1904年林紓與魏易出版了《吟邊燕語》，書上寫「原著者英國莎士比亞、翻譯者閩縣林紓仁和魏易、發行者商務印書館」。《吟邊燕語》是翻譯自蘭姆姊弟（Charles and Mary Lamb）的《莎士比亞戲劇故事集》。林紓在《吟邊燕語》序中說「夜中余閑，巍君偶舉莎士比筆記一二則，余就燈起草，積二十日書成。」其中《威尼斯商人》被譯成《肉券》，《哈姆雷特》被譯為《鬼沼》。郭沫若說林紓翻譯的莎士比亞的戲劇故事集《吟邊燕語》「也使我感到無上的興趣，他無形之間給了我很大的影響。」林紓與陳家麟還合譯四種莎士比亞歷史劇本事：《亨利第四紀》、《雷差得紀》（《查理二世》）、《亨利第六遺事》、《凱撒遺事》等作品。

　　1921年，田漢翻譯了《哈姆萊特》，是第一本莎士比亞全劇以戲劇形式譯成中文的，1924年又翻譯了《羅密歐與朱麗葉》。朱生豪從1935年開始，翻譯了三十一個劇本又半篇的未完之作，到1944病逝為止。梁實秋則從1936年到1969年之間，出版了當時所知的全部莎翁作品。方平亦主編有詩體譯本《新莎士比亞全集》。

　　主要的中文譯本是散文譯法，詩體譯本也是散文詩譯法，或者是韻體詩，這些都不符合莎士比亞原著的無韻格律詩體，俞步凡首創等音節格律詩體譯法，運用等音節法忠實逐譯莎士比亞原著，無韻格律詩在漢譯上得到體現，此前所有莎譯不符合原著的問題終於獲得解決，俞譯本的

第一輯於2011年在香港出版。

## 著作

| 分類 | 中文譯名 | 英文原名 | 備註 |
|---|---|---|---|
| 喜劇 | 《終成眷屬》 | All's Well That Ends Well | 又譯：如願# |
| | 《皆大歡喜》 | As You Like It | |
| | 《錯中錯》 | The Comedy of Errors | 又譯：錯中錯喜劇、錯誤的喜劇 |
| | 《愛的徒勞》 | Love's Labour's Lost | |
| | 《一報還一報》 | Measure for Measure | 又譯：惡有惡報、請君入甕、量罪記、將心比心# |
| | 《威尼斯商人》 | The Merchant of Venice | |
| | 《溫莎的風流婦人》 | The Merry Wives of Windsor | |
| | 《仲夏夜之夢》 | A Midsummer Night's Dream | |
| | 《無事生非》 | Much Ado About Nothing | 又譯：捕風捉影、無事自擾 |
| | 《泰爾親王佩力克爾斯》 | Pericles, Prince of Tyre | 又譯：沉珠記*†[a] |
| | 《馴悍記》 | The Taming of the Shrew | |
| | 《暴風雨》 | The Tempest | * |
| | 《第十二夜》 | Twelfth Night or What You Will | 又譯：隨你喜歡 |
| | 《維洛那二紳士》 | The Two Gentlemen of Verona | 又譯：兩貴親 |
| | 《兩位貴族親戚》 | The Two Noble Kinsmen | *†[b] |

| | 《約翰王》 | King John | |
|---|---|---|---|
| | 《冬天的故事》 | The Winter's Tale | |
| | 《理查二世》 | Richard II | |
| | 《亨利四世 (第一部)》 | Henry IV, part 1 | |
| | 《亨利四世 (第二部)》 | Henry IV, part 2 | |
| 歷史劇 | 《亨利五世》 | Henry V | |
| | 《亨利六世 (第一部)》 | Henry VI, part 1 | †[c] |
| | 《亨利六世 (第二部)》 | Henry VI, part 2 | |
| | 《亨利六世 (第三部)》 | Henry VI, part 3 | |
| | 《理查三世》 | Richard III | |
| | 《亨利八世》 | Henry VIII | †[d] |
| | 《羅密歐與茱麗葉》 | Romeo and Juliet | |
| | 《科利奧蘭納斯》 | Coriolanus | |
| | 《泰特斯·安特洛尼克斯》 | Titus Andronicus | †[e] |
| | 《雅典的泰門》 | Timon of Athens | 又譯：黃金夢†[f] |
| 悲劇 | 《凱撒大帝》 | Julius Caesar | |
| | 《馬克白》 | Macbeth | †[g] |
| | 《哈姆雷特》 | Hamlet | 又譯：王子復仇記 |
| | 《特洛伊羅斯與克瑞西達》 | Troilus and Cressida | # |
| | 《李爾王》 | King Lear | |
| | 《奧賽羅》 | Othello | |
| | 《安東尼與克麗奧佩托拉》 | Antony and Cleopatra | 埃及豔后 |
| | 《辛白林》 | Cymbeline | 又譯：還璧記* |
| 詩 | 《十四行詩》 | The Sonnets | |
| | 《維納斯和阿多尼斯》 | Venus and Adonis | |
| | 《魯克麗絲失貞記》 | The Rape of Lucrece | 又譯：露克麗絲遭強暴記 |

| | | | |
|---|---|---|---|
| 詩 | 《熱情的朝聖者》 | The Passionate Pilgrim | 又譯：激情飄泊者[h] |
| | 《鳳凰和斑鳩》 | The Phoenix and the Turtle | |
| | 《愛人的怨訴》 | A Lover's Complaint | 又譯：情女怨 |
| 失傳作品 | 《愛得其所》 | Love's Labour's Won | |
| | 《卡登尼歐》 | Cardenio | †[i] |
| 其他疑為莎士比亞的作品 | 《法弗舍姆的阿爾丁》 | Arden of Faversham | |
| | | The Birth of Merlin | |
| | 《洛克林》 | Locrine | |
| | 《倫敦浪子》 | The London Prodigal | |
| | 《清教徒》 | The Puritan | |
| | | The Second Maiden's Tragedy | |
| | 《約翰・奧德卡瑟爵士》 | Sir John Oldcastle | |
| | 《克倫威爾勛爵托馬斯》 | Thomas Lord Cromwell | |
| | 《約克夏的悲劇》 | A Yorkshire Tragedy | |
| | 《愛德華三世》 | Edward III | |
| | 《托馬斯・莫爾爵士》 | Sir Thomas More | |

國家圖書館出版品預行編目資料

莎士比亞格言集，林郁主編，
　初版，新北市，新視野 New Vision，2019.08
　　面；　公分 --
　　ISBN 978-986-97840-2-3 （平裝）
1.莎士比亞（Shakespeare, William, 1564-1616）
2.格言

873.433　　　　　　　　　　　　108008764

# 莎士比亞格言集

主　　編　林郁
出　　版　新視野 New Vision
製　　作　新潮社文化事業有限公司
　　　　　電話 02-8666-5711
　　　　　傳真 02-8666-5833
　　　　　E-mail：service@xcsbook.com.tw

印前作業　東豪印刷事業有限公司
印刷作業　福霖印刷有限公司

總 經 銷　聯合發行股份有限公司
　　　　　新北市新店區寶橋路 235 巷 6 弄 6 號 2F
　　　　　電話 02-2917-8022
　　　　　傳真 02-2915-6275

初版一刷　2019 年 08 月